KB056186

켄노지 지음
야스유키 일러스트
김지연 옮김
2
고2로 타임리프한
내가 그때 좋아하던
선생님께 고백한 결과

아하핫!
풀장은
정말 기분이 좋구나~!

후후후…… 일어났어?
어젯밤에는 꽤―…
짜릿짜릿
―했었지?

저기 빈집털이 군은
이름이 세이지야?
히이라기 나츠미
생일 : 5월 3일(황소자리)
혈액형 : B
좋아하는 것 : 고양이♡
하루짱(언니)
히이라기쌤의 여동생.
고양이를 너무 좋아해서 고양
이를 발견하면 그만 고양이어
로 대화를 시작한다.

후냐~
…냐냐?

CONTENTS

31화 ♥ 히이라기쌤의 걱정과 두려움 P003
32화 ♥ 어느 휴일 베란다에서 P012
33화 ♥ 사랑과 다이어트 P021
34화 ♥ 마력 P030
35화 ♥ 점괘 P039
36화 ♥ 방과 후의 다도실 P050
37화 ♥ 풀사이드의 여신 P060
38화 ♥ 빈집털이 사건 P070
39화 ♥ 옥상 P084
40화 ♥ 앞으로의 일 P092
41화 ♥ 회담 P099
42화 ♥ 회담 2 P109
43화 ♥ 회담 3 P118
44화 ♥ 청소 당번 P125
45화 ♥ 술자리는 아웃? 세이프? P133
46화 ♥ 술자리는 아웃? 세이프? Side. 히이라기 하루카 P140
47화 ♥ 막대 과자 게임 P149
48화 ♥ 장마 P159
49화 ♥ 도서실에서 시험공부 P168
50화 ♥ 불가사의한 요리 스킬 P176
51화 ♥ 여름 축제 1 P183
52화 ♥ 여름 축제 2 P193
53화 ♥ 수업 중의 위기 P202
54화 ♥ 풀장 1 P210
55화 ♥ 풀장 2 P218
56화 ♥ 풀장 3 P231
57화 ♥ 여름방학 숙제 P242
58화 ♥ 개인실에서 휴식 P252
59화 ♥ 비밀 아르바이트 P262
60화 ♥ 왕복 P271
61화 ♥ 가정과 부 활동 P279
특별 단편 ① ♥ 어떤 여고생과의 만남 2 P294
특별 단편 ② ♥ 남매의 협력 플레이 P301

고2로 타임리프한 내가 그때 좋아하던 선생님께 고백한 결과

2

켄노지 지음 | **야스유키** 일러스트 | **김지연** 옮김

커버·권두화 본문 일러스트 **야스유키**

31화 • 히이라기쌤의 걱정과 두려움

◆ 히이라기 하루카 ◆

『세이지 좋은 아침.』

아침에 일어나자마자 하는 일은 세이지에게 좋은 아침이라고 문자를 보내는 일이다.

출근 준비를 하면서 답장을 기다리는데 메일이 돌아왔다.

『응.』

어라. 그게 다?

평소보다 성의 없는 것 같은데….

'좋은 아침'이나. '오늘도 힘내자' 나 '사랑해' 같은 말은??

좀 섭섭하니까 『오늘 하루도 학교 힘내!』 라고 보냈지만 답장은 한 마디도 오지 않았다.

우웅…….

이건 혹시 권태기라는 녀석……인가?

사귀는 관계에 익숙해진 나머지, 처음의 두근거림이나 신선함이 사라진 커플이라면 누구에게 나 찾아온다는 바로 그것-!

"어쩌면 세이지는 나에 대한 흥미를 잃기 시작한 걸까…?"

그, 그런.

사귄 지 아직 한 달 정도밖에 안 됐는데…….

나는 고개를 부르르 떨었다.

세이지는 아직 모든 일이 재미있게 느껴지는 고등학생, 매일 비슷한 일을 하며 지내는 교사에 비하면 자극적인 사건들이 많겠지.

세이지는 다정하고 멋있으니까 비교적 인기 있는 편일 게 분명하다… 아마도.

하지만 내가 마음만 먹으면 여자 고등학생 같은 어린 계집애들에게 관심을 가질 필요가 없을 정도로 세이지를 포로로 사로잡을 수 있으니까.

"히이라기, 열심히 하겠습니다!"

……라고 말은 했지만 뭘 어떻게 해야…….

테이블 위에 놓아둔 데이트 정보지의 한쪽 구석에 『이미지 체인지』라는 글씨가 보였다.

"좋아, 정했다!"

항상 포니테일로 묶고 있던 머리를 오늘은 왼쪽 어깨 앞으로 한데 모아 늘어뜨렸다.

응응, 의외로 괜찮은데! 평소보다 한층 어른스러워 보인다.

"세이지가 뭐라고 할까…………우후후."

'하루카, 오늘은 어른스럽네. 좋아해! 사랑해!' ——라고 말하겠지.

"우후…………우후후."

차에 올라타 서둘러 출근했다.

교무실에서 수업 준비를 하고, 다른 잡무를 처리하면서 조례 시간을 기다렸다.

세이지가 와 보지 않으려나—?

각 선생님들이 담임을 맡은 교실로 가고 아침 조례를 마치고 돌아왔다.

세이지가 와 보지 않으려나—?

1교시 수업이 끝나고 10분의 휴식 시간이 시작되었다.

와보지 않을까? 세이지, 아직 안 오나-?

교무실 입구에 세이지일 법한 그림자가 보이지 않는다.

이상하네-.

오늘은 휴일도 아닐 텐데…….

"아! 선생님 머리 내리셨어-!"

"진짜! 내리신 것도 귀여워-!"

3학년 여학생들이 눈치채고 칭찬해줬다.

"아하하, 고마워."

머리를 내린 모습은 먹힌다!! 확신했어!! 우후후.

그러니까 세이지, 빨리…….

와 보지 않으려나—? 와 보지 않으려나—? 와 보지 않으려나—?

………………….

——그런데, 완전 안 오고오오오!

우웅 열 받았어, 이쪽에서 만나러 가줄테니까.

쿵쿵 발소리를 울리며 교실 동 2층 세이지의 반인 B반으로 향한다.

"세이……사나다가 혹시 있을까……."

살짝 교실 안을 살펴보았다.

터–엉 비어서 학생이 아무도 없었다.

"아, 선생님 B반에 무슨 용무라도 있으세요? A,B반은 체육이라 벌써 다들 나갔을 것 같은데요?"

지나가던 남학생이 그렇게 알려 주었다.

"아, 그렇구나. 고마워. ……음 타이밍이 나빴네."

하아. 한숨을 쉬며 어깨를 떨구었다.

세이지! 히이라기 선생님은 이래 봬도 한가하지 않거든!

"체육은 어디서 하고 있니? 운동장?"

"A,B반은 체육관일걸요?"

"오케이–, 고마워."

이렇게 되면 오기로라도 만나서 '선생님 오늘은 평소랑 다르시네요'라는 말을 듣고 말테다.

"흐응."

기세 좋게 콧김을 내 뿜고 쿵쿵 체육관으로 향했다. 벨 소리가 울리며 수업이 시작되었다.

체육관의 무거운 철문을 조금 열고 안쪽을 살펴보았다.

아, 있다 있어. 졸린 얼굴을 한 세이지, 약간 귀엽다.

다른 학생들이 알아보고 선생님– 선생님– 하면서 다들 손을 흔들어서 나도 손을 흔들어 답했다.

하지만 제일 중요한 세이지는 이쪽을 보려고도 하지 않

는다.

"웅, 으흠, 에헴! 어-험!"

얼굴이 잘 보이도록 드르륵 창문을 열었다. 드디어 세이지가 눈치를 챘다.

"……."

어, 어떠냐! 버전 업 한 내가!

휙, 어떤 반응도 없이 외면당했다.

뭐, 뭐야 저게———!

사랑스런 하루카 님이 와 주셨는데에에에.

세이지를 위해서 버전 업 했는데에에에에에.

이, 이것이 권태기…………?!

"왜 그렇게 차가운 거야…… 쓸쓸하잖아……."

고오오오오하는 이상한 효과음이 들리더니 내 얼굴 위로 그림자가 드리워졌다.

"……히이라기 선생님."

"…네, 네에?"

낮은 목소리에 고개를 올려보니 트레이닝 복 차림의 체육 담당 코마다 선생님이 나를 내려 보고 있었다.

세이지가 만루남이라고 부르면 화를 낸다고 알려주었다. 의미는 잘 모르겠지만.

…어, 엄청 무서워…….

"수업 견학 하십니까."

"……아, 아니오…… 견학이라기보다는…… 오히려 봐

주었으면……한달까…….”

식은땀이 주륵주륵 멈추지 않는다.

아, 혹시 나 때문에 화나신 건가?!

세계사 선생님인데 학생처럼 혼나는 건가?

안쪽에서 세이지가 '정말 할 말이 없다'는 표정으로 한숨을 쉬었다.

세, 세이지 뭐라고 좀 거들어 줘, 헤, 헬프…….

"지금은 체육 수업 중입니다."

"네에에……."

"자신의 수업이 아니라고 해서 놀러 오듯 오지 말아주세요."

"죄, 죄송합니다……."

혼나고 있어…… 나, 아무렇지 않게 혼나고 있어……. 선생인데 선배에게 혼나고 있어…….

후으으…….

"한가하면 다른 세계사 선생님의 수업을 견학시켜 달라고 하고, 수업 방법을 더 공부해서——."

진지한 녀석이다…….

일을 하는 인간으로서 나 혼나고 있어…….

"하, 한가하지 않습니다……."

"그렇다면 어째서 일부러 체육 수업에 오셨습니까?"

코마다 선생님의 얼굴에 '한가한 녀석은 좋겠구먼'이라고 쓰여 있다.

으그그그그극. 분해에…….

하지만 실제로 일의 양을 따지면 만루남 쪽이 다섯 배는 많으니까, 아무 말도 할 수가 없다.

"어쩌다보니 좀 지나가게 되어서……."

"——히이라기 선생님 혹시 다음 수업 때문이신가요?"

타다닥 세이지가 도와주러 왔다.

세이지이이이이이이이이이이이이이.

나, 울음이 터질 것 같아아아아아아아.

"……그, 다음 수업의 무슨 일로?"

주르륵 세이지가 깔끔하게 굴러 떨어졌다.

뭐야? 무슨 일이야?

정신을 수습한 세이지가 만루남에게 설명을 해 주었다.

선생님 제가 당번이라서, 오늘 세계사 시간에, DVD인가 뭔가를 본다는 그 준비가 필요하다는 이야기였습니다.

……오늘 DVD 안 보거든? 『세계 수○께끼 발○!』를 가끔 수업시간에 보긴 하지만.

번뜩, 만루남의 시선이 나에게 향했다.

"어, 어음, 그런 거예요. 아, 아주 잠시만, 진짜 아주 잠깐만 그 이야기를 하려고."

"그랬습니까. ……앞으로 그런 이야기는 쉬는 시간에 해 주세요."

성큼성큼 코마다 선생님이 떠나갔다.

세이지가 체육관에서 나오더니 내 손을 잡아끌었다.

"세이- 사나다, 오늘은 DVD 보는 날 아니거든? 그리고 당번도 아니잖아."

임시방편이야, 임시방편. 그때 끼어들지 않았으면 선생님 울 것 같았고.

두리번두리번 주변을 둘러보던 세이지가 나를 탈의실로 데려갔다.

"그건 그거고, 휙 고개 돌리지 않아도 됐잖아……그렇게 냉정하게 대하면 걱정된단 말이야."

"거기서 반응을 하면 히이라기쌤이 나를 보러 온 걸 들킬지도 모르잖아요?"

웅, 제대로 된 이유가 있었어…….

"그렇지만 아침에 보낸 메일에도 성의가 없고…… 권태기인가 불안해져서……."

"아침에는 바빠서, 오늘은 나도 '너무 짧았나' 하고 반성했지만. 그래도 권태기나 그런 거 아니니까."

뭐야, 다행이다. 내 지레짐작이었구나.

아, 맞다.

허둥지둥 오늘은 아래로 늘어뜨린 머리를 넌지시 만졌다.

"세이지, 나한테 뭐 할 말 없어?"

"어? 아, ……내가 당번이 아닌 건 어떻게 알았어?"

"후후후 세이지 반의 당번 스케줄은 이미 파악하고 있기 때문이지! 아니 그거 말고! 아, 그리고 아까 만루남에게서 구해줘서 고마워."

“아냐, 대단한 일도 아닌데. 그럼, 수업 들으러 갈게.”

불러 세울 사이도 없이 세이지가 탈의실을 나갔다.

그리고는 곧바로 다시 돌아왔다.

“선생님은 머리 내린 것도 어울리네. 어른스러워 보여서 좋아.”

그럼, 하고 손을 흔들더니 세이지는 체육관으로 들어갔다.

“저, 정마……알 알고 있으면 처음부터 그렇게 말하란 말이야……정말…………………좋아……아.”

점심시간에 실컷 어리광 부리게 해줘야지.

이리하여, 권태기가 다 뭐람. 세이지가 너무 좋다는 걸 재확인한 하루가 되었답니다.

32화 • 어느 휴일 베란다에서

굉장히 촉촉하다.

히이라기쌤의 눈이.

데이트를 한다 해도 그다지 밖에서 나가 놀지 않는 우리는 주말에는 주로 히이라기쌤 집에서 지내는 일이 많았다.

특히 그중에서 자주 하는 일이 DVD 영화 관람이다.

오늘도 히이라기쌤이 얼마 전에 유행했던 액션 영화를 빌려와서 함께 보는 중인데, 히이라기쌤의 눈꺼풀이 무거워 보인다…….

눈을 깜빡일 때마다 잠시 눈을 감았다 뜨는 일이 늘고 있다.

히이라기쌤은 의외로 아무 데서나 잘 자는 타입인 듯 잠드는 경우도 꽤 많았다.

"하루카 졸리지?"

"으, 으으응, 하나도 안 졸려. 앞으로 오십 시간은 일어나 있을 수 있어."

알기 쉽네, 거짓말 엄청 티 난다…….

"일 때문에 피곤하잖아? 잠깐이라도 잘래?"

"안 잘래……모처럼 세엥쥐랑 데이트 하는데."

"이봐, 말투가 엉망이 됐어."

찍찍대는 무언가와 데이트 중 인 듯 하다.

……단순한 발음 실수이겠지만.

철저하게 온 힘을 다해 머리를 내젓더니 '으잇' 하고 기합을 넣고 눈에 힘을 주는 히이라기쌤.

"주말에 세엥쥐랑 같이 노는 걸 내가 얼마나 기대하고 있었는데……."

"그야 기대했겠지…… 치즈 먹으러 여행가도 되겠다."

"…………………헉?! 안 잤어, 안 잤다구우!"

"안 물어봤어. 게다가 그 반응을 보니 분명히 잤네."

DVD 재생을 일시정지 시켰다.

"왜 그래?"

"나 좀 졸려서, 낮잠 자도 돼?"

"그런 거라면 물론 괜찮지, 자 이리와."

히이라기쌤이 양손을 벌리고 내게 착륙 허가를 내렸다.

모성애를 한껏 발산하는 히이라기쌤에게 어리광부리고 싶어진다…….

아니, 그래도 그건 아니지.

게다가 난 전혀 졸리지도 않고.

'내가 잠들면 할 일이 없어진 히이라기쌤도 잠들지 않을까?'라는 작전.

이렇게라도 하지 않으면 계속 "아니 안 잤다구우"라고 말할 것 같다.

일하느라 쌓인 피로가 남아 있으면 무리해서 일어나 있을 필요 없는데.

"오늘은, 괜찮아……."

"어라? 별일이네."

"소파에서 앉은 채로 잘래."

"그렇게 자면 잔 것 같지 않잖아."

히이라기쌤이 무릎 담요를 꺼내오더니 자기 무릎에 덮었다.

"자아, 여기. 일루 와."

탁탁 허벅지 근처를 두드린다.

여, 여기서 넘어가면 히이라기쌤이 잘 수 없어……!

그렇게 생각했지만 히이라기쌤의 응석받아주기 레벨이 너무 높아서, 나로서는 당해낼 수가 없었다.

"하지만 내가 무릎을 베면 몸을 움직일 수 없잖아."

"므흐흐…… 세엥쥐의 잠자는 얼굴을 볼 수 있어서 괜찮아."

언제쯤 날 세이지라고 불러 주려나.

"하루카 피곤하면 무리해서 DVD 보지 않아도……."

"별로 무리하는 거 아닌데?"

결국 히이라기쌤의 유혹에 넘어가 무릎을 베고 눕게 되었다.

내가 피하지 못하는 자세가 된 틈을 타 히이라기쌤이 키스를 해왔다

쓰담쓰담. 쓰담쓰담. 애완용 고양이라도 된 것처럼 쓰다듬 받았다.

그 손길이 너무 기분 좋아서 정신을 차려보니 잠들어 있었다.

눈을 떠보니 히이라기쌤이 활동 정지 상태로 고개를 떨구고 있었다.

작전이 반은 성공하고 반은 실패했다.

히이라기쌤은 쌕쌕 평온한 숨소리를 내며 잠들어 있었다.

히이라기쌤이 깨지 않도록 무릎에서 살짝 일어나 그녀를 옆으로 눕혔다.

"푹 쉬어요, 선생님."

허리 근처에서 팬티가 살짝 보였다.

"읏?!"

바로 블랭킷을 덮었다. 시계는 올 그린.

무방비한 건지 일부러 그러는 건지……가끔씩 저렇게 보여서 곤란하다…….

나와의 데이트를 기대하는 건 솔직히 기쁘다. 하지만 데이트가 있어도 피곤한 건 어쩔 수 없으니 가끔 이렇게 보내는 날이 있어도 괜찮겠지.

방 청소도 깔끔하게 되어있어 내가 나설 일은 없어 보인다.

저녁 다섯 시가 넘어가는 시간이라 밖은 슬슬 땅거미가 지고 있었다.

"아, 그렇지. 빨래……."

널린 게 있으면 걷어 와서 개어 놓을 생각으로 침실에서 베란다로 나갔다.

학교에서 몇 번이고 본 기억이 있는 옷과 블라우스가 행거에 걸려 있었다.

전부 말라 있어서 걷을 수 있는 만큼 걷던 중 남아 있는 옷가지에서 엉겁결에 손이 멈췄다. 한데 모아 널어놓은 팬티와 브래지어 들이었다.

"……."

이, 이거 걷어도 되는 건가……?

게다가 물끄러미 보고 있는데 괜찮나??

군침이 꿀꺽 넘어간다.

"드, 듣기로는 기본적으로 사, 사, 상하의가 세트라고 하던데…."

한 번 본 기억이 있는 속옷도 있고 처음 보는 것도 있었다.

반 정도는 끈……, 히, 히이라기쌤은 이렇게 야한 속옷도 입는구나…….

……군침이 꿀꺽 넘어간다.

위험해, 심장이 엄청나게 뛴다. 색깔 때문인지 눈이 따끔따끔하다.

그래 이 느낌은 비디오 대여점의 성인물 코너에 처음 들어갔을 때와 비슷한 느낌……!

시각 정보의 자극이 너무 세다.

팬티는 입고 있는 쪽이 몇 배는 더 야해 보이지만, 이렇게 걸려있는 상황에서 보니 생활감이 배어 있어서 이건 이것대로…….

물끄러미 바라본다.

이걸…… 걷어가는 건 그렇다 쳐도 개야 하나……?!

팬티는 괜찮다. 대충 어떻게 개는지 알고 있다.

하지만 남자인 나에게 있어 미지의 존재인 브래지어는 어떻게 하지?!

다른 빨래는 다 개어놓고 브래지어만 방치하는 것도 뭔가 이상하다.

『어라, 어라? 세이지, 브래지어만 그대로인데……아, 부끄러웠어? 남자애니까 브래지어를 만지는 건 부끄러웠구나? 귀엽네에- 세이지는.』

라고 히죽거리며 놀려대는 히이라기쌤의 모습이 떠오른다.

브래지어와 팬티를 같이 방치해두는 것도 마찬가지.

『브래지어와 팬티는 안 걷었는데……아, 그래 그렇구나. 부끄러운 거지? 여자 친구 거라고 해도 부끄러웠던 거지? 귀엽네에-세이지는.』

라고 분명히 히죽거리면서 말할 거다…….

그렇다고 다 걷은 빨래를 원래대로 해놓고 싶진 않다.

"으으으, 이럴 땐 어떻게 해야……."

"굉장히 열심히 하네, 세이지."

뒤에서 들려온 목소리에 놀란 나는 펄쩍 뛰었다.

"우와아아아?!"

"내 속옷을 그렇게 뚫어져라 보고 있다니…… 야한 생각 하고 있었지……?"

꼬옥 뒤쪽에서 나를 안은 히이라기쌤이 에잇에잇 하면서 내 뺨을 만지작거렸다.

곁눈질로 슬쩍 얼굴을 보자 역시 히죽히죽 웃고 있다.

"그런 생각 안 했어!"

라고 말해도 설득력이 없겠지.

"한창때잖아? 괜찮아, 괜찮아. 선생님은 전혀 신경 안 쓰니까♪"

"오해라니까, 나는 그, 그저 걷어야 하나, 걷은 다음엔 어떻게 개어야 하나 고민한 것뿐인데—근데, 언제부터 보고 있었던 거야?"

"세이지가 베란다로 나갔을 때부터."

"엄청 오래 보고 있었네, 말을 걸라고!"

"하지만 뭘 하는 걸까 싶어서. 혹시, 내 팬티를 탐내나……."

"……타, 탐내지 않아!"

으으으응? 하고 역시나 히이라기쌤은 히죽거리면서 내 얼굴을 보고 있었다.

"그다지 강한 어조가 아니네, 부정하는 기세가 꺾여있는데?"

소곤, 히이라기쌤이 귓가에서 속삭였다.

"원하는 거 하나 줄게♡"

"………………그, 그러니까 필요 없다고!"

"지금 망설였지? 이게 좋아?"

손가락으로 하나를 가리키더니 '얼굴이 빨갛네?' 하면서 다시 내 얼굴을 살피고 있다.

"아이스케키 놀이 할 거면 어떤 거 입을까?"

"이거."

"역시 이거지! 이게 갖고 싶은 거지!"

"아, 아, 아니라고! 나 그런 파렴치한 놀이 좋아하지 않는다고!"

"이 팬티가 좋다고 바로 대답했잖아! 그런 소릴 해도 이제 설득력이 없거든요?"

"하, 하루카 파렴치이이이이이!"

'우왕' 하고 나는 베란다에서 안절부절 못했다. 하지만 나를 안은 히이라기쌤의 팔은 전혀 풀리지 않았다.

"아하하하, 세이지 귀여워."

그날은 계속 이 이야기로 놀림 받았다.

기념품이라며 집에 갈 때 그 팬티를 받았지만

"필요 없어."

하고 던져서 돌려보냈다.

"정말, 세이지는 부끄럼이 많다니까—."

라고 하면서 히이라기쌤은 입술을 뾰로통 내밀었다.

이상한데서 전혀 부끄러움이 없는 히이라기쌤은 때때로 내가 감당하기 버거운 여자가 되곤 한다.

33화 • 사랑과 다이어트

◆ 히이라기 하루카 ◆

마지막으로 올라 본 게 언제였더라…….

봄방학 때였으니까 벌써 2개월도 전의 일이다.

욕탕에 들어가기 전에 한 번 해볼 생각이 들었던 것이 불행의 시작이었다.

"후냐아아아아아아아아아아아아아아악?! 살쪘어어어어어어?!"

"체중계에 표시된 숫자의 뒷자리가 엄청난 숫자로 바뀌어 있어어어어어어어어!"

내 기억이 맞다면 5이상 랭크업 했어!!

"어째서어어어……?"

팔뚝살—출렁.

허벅지—출렁, 출렁.

배—출러어엉.

"후읏……으읏……흐아앙……."

양손을 바닥에 대고 orz 포즈를 취했다.

완전 살쪘어……! 아니라고 부정 할 수 없을 정도로…….

마지막으로 운동한 건, 언제였지?

아, 위험해. 생각이 안 날 정도로 옛날이야.

일하고, 밥 먹고, 술도 조금 마시고 집에 와서 자고–다음날 다시 일하러 가고, 주말에는 세이지랑 알콩달콩…….

그 생활의 반복.

굉장히 행복해! 하지만 체중이 늘고 있어……!

"행복과 체중은 신기하게도 비례 관계에 있었구나♪"

그렇게 변명이나 하고 있을 때가 아니야아아아아아아아아!

이 뚱뚱의 순환에서 어떻게든 벗어나야 해!

"응? 하지만 세이지라면 '하루카는 살짝 포동포동한 쪽이 더 귀여워. 사랑해'라고 말하겠지–! 분명!!"

개인적으로 살이 찌는 건 마이너스지만 세이지를 위해서는 오히려 플러스일지도 몰라!

"후우우……."

그 말은 플러스마이너스 제로라는 거구나.

"……선생님 요즘 살쪘어요?"

다음날 점심시간.

가정과실에 넷이 모여 밥을 먹는데 사나가 말을 꺼냈다.

세이지가 슬쩍 이쪽을 본다.

도와줘 세이지. '선생님은 약간 살집이 있는 쪽이 더 귀여워♡'라고.

"…………."

무시?!

푸욱 사나가 용서 없이 옆구리를 손가락을 찔렀다.

"와 꽤 깊이 들어가네……."

"그러지 말아, 사, 살찌지 않았어……, 이 정도는 살쪘다고 할 수 없으니까. 오차범위 안이야."

흐응, 사나가 콧방귀를 끼고 맞은편에서 이이가 이쪽을 지그시 보고 있었다.

"……얼굴, 특히 턱 라인이 둥글어진 느낌이 들어요. 그리고 얼굴이 전체적으로 커졌네요."

"으으으…… 행복해서 살찐 거야. 이거 행복해서 찐 거라구."

그렇지, 세이지? 하고 생긋 미소를 보내자 마음을 정한 듯 세이지가 고개를 들었다.

"응, 나도 어렴풋이 그런 거 같다고 생각했는데, 아무래도 말하기 곤란해서. 선생님 살쪘죠?"

"후웅……."

직구, 게다가 진지한 얼굴로 그렇게 말하니 데미지가 3배 증가했다…….

"그치만 살짝 살집이 있는 편이 ……."

"선생님 그거 자기 입으로 말하면 살찐 거 안다고 실토하는 거나 마찬가지인 거 알죠? 개그를 자기 입으로 설명하는 것만큼 부끄러운 거니까."

"그런 말 하지 마……."

시무룩해 있는데 세이지도 응응 맞장구치며 전혀 도와

줄 생각이 없어 보인다.

“운동 부족은 직장인들에게 종종 있는 일인데, 역시 좋지 않다고 생각해. 방치할수록 점점 더 게으른 몸이 되어버리니까.”

정말, 할 수 없네. 다이어트를 할 수밖에 없겠어.

오래 못 하기도 하고 그만두면 요요현상이 심해서 별로 안 좋아하지만.

“혹시 사나와 이이는 다이어트 뭔가 하는 거 있니?”

두 사람은 얼굴을 마주 보더니 고개를 저었다.

“사나는 살이 안찌는 체질이라서요.”

“저 역시…….”

내 체질을 늘리고 늘려서 선물해주고 싶다……!

“해낼 테니까, 두고 보라고!”

시원하게 큰소리 치고 가정과실을 나섰다.

말은 그렇게 했지만 다이어트에 들일 시간 따위 없단 말야.

밤에 조깅이라도 할까 싶어도 뛰는 거 잘 못하는데…….

주말에는 세이지와 러브러브하게 보내고 싶고.

아.

집에 있는 체중계가 고장 나 있었던 게 아닐까?

보건실에 가서 커튼을 닫고 문을 잠갔다.

훌훌 알몸이 된 나는 살짝 체중계에 올랐다.

…….

"후냐아아아아아아아아아악?! 역시 살쪘어어, 게다가 어제보다 한 계단 더 올라갔어어어어어어?!"

이, 이대로라면……세이지가 싫어하게 될 거야…….

『살찐 하루카는 좀……, 그래도 정도라는 게 있는데…….』

싫어어어어어어어어어어어!

우, 우선은 출근할 때 차를 타지 말고 자전거를 타자……!

이걸로 조금은 운동이 되겠지. 눈 깜빡할 사이에 살이 후욱 빠져서 '하루카 엄청나게 슬림해 졌네, 예쁘다! 사랑해!'라면서 세이지가 하트 눈이 되는 걸 보고 말겠어! 반드시!

……그렇게 기대하며 보낸 한 달. 체중은 제자리걸음 상태.

다이어트를 우습게 보았네요.

삐걱삐걱 자전거를 타고 집으로 돌아오는데 세이지에게서 전화가 왔다.

『나 지금부터 워킹할 건데, 9시쯤? 하루카는 어때?』

"응! 아 그런데 괜찮을까? 같이 다녀도……."

『모자도 쓸 거고 밤이라 어두워서 괜찮을 거예요.』

세이지도 다이어트를 시작한 걸까나……?

뭐 어때.

간단히 밥을 먹고 외출 준비를 끝내자 세이지가 도착했다.

"평일에 만나는 건 처음이라서, 왠지 두근두근하네♪"

손을 잡고 혼자서 두근거리고 있는데 확 뿌리쳐졌다.

"하루카, 워킹은 산책이랑 다른 거야."

"다……달라?"

"밤의 러브러브 산책 데이트 같은 거 아니야. 척척 힘차게 걸어가는 거야. 팔을 몸에 딱 붙이고 경보하는 것처럼."

"재미없을 거 같은데?!"

그리하여 세이지의 지도 아래 밤의 워킹이 시작되었다.

처음에는 걸어가는 것만으로도 힘들었지만 익숙해지자 대화를 나눌 여유도 생겼다.

"역시 내가 살찐 건 싫구나."

"내가 싫은 것 보다 본인이 어떻게 생각하는가가 중요하지. 살찐 거 싫어하지 않았어?"

"싫었어."

"그럼 열심히 할까?"

"아, 응."

우으으으…… 방금까지 엄하게 굴어놓고는 세이지 츤데레같으니…….

우으…… 좋아해.

살짝 손을 잡아볼까……. 우으, 또 거부당했다……. 슬퍼…….

"지금은 노닥거릴 때가 아니잖아?"

"네에……."

정말 누가 선생님인지 모를 지경이다.

"그런데 세이지도 다이어트를 하는구나, 의외야."

"아니, 그건, 뭐어…… 내가, 라기보다는……."

응? 뭔가 대답이 모호한데.

"혼자서 묵묵히 하기보다는 둘이서 하면 더 기운 날 것 같아서."

어쩌면 혹시, 나를 위해서-?

팔을 젓는 법, 걷는 법을 세이지는 이상할 정도로 잘 알고 있었다.

육상부도 아닌 그가 이렇게까지 상세하게 워킹 하는 법을 알다니, 지금 생각해보니 부자연스럽다.

운동 효율이 좋은 걷는 법을 알려주었다.

어디서 배운 걸 그대로 알려주는 것 같았다.

세이지는 다이어트를 할 필요가 없는 체형이다.

그렇다는 건 역시 나를 위해서다.

밤늦은 시간까지 자신은 할 필요도 없는 다이어트에 어울려주고 있다.

TV도 보고 싶고 게임도 하고 싶을 텐데.

"세이지?"

"왜?"

"좋아해."

"응, 나도."

"사랑해."

손을 잡으려고 하면 거부당하니까 껴안아 버려야지.

마침 가로등 아래.

불빛이 스포트라이트처럼 비친다.

"어, 어이- 지금은 워킹하는 시간이라니까."

"아니야, 러브러브할 시간입니다!"

"아니. 아니라니까-."

"『사랑』하는 기분을 멈추지 말아줘."

"무슨 노래가사 같은데?!"

포기한 세이지가 '그럼 잠깐만이야'라고 말하곤 꽉 안아 주었다.

물론 나도 꽉 껴안는 걸로 화답했다.

누가 먼저랄 것 없이 키스를 한다.

아직 화요일이고 그저께인 일요일에 만나서 알콩달콩 쪽쪽 거리면서 보냈지만, 세이지와의 키스는 아무리 해도 부족하다.

"키스한 숫자만큼 체중이 줄어들면 좋을 텐데……."

"그렇게 되면 금방 사라져서 없어질걸?"

"그렇겠네."

마주 웃고 다시 긴 키스를 했다.

지금이 몇 시고, 어디에 있는지는 다 잊은 것처럼.

돌아갈 때는 손을 잡아도 괜찮다는 규칙을 만들어서 우리는 손을 잡고 걸어서 돌아갔다.

매일 밤 전화하던 것이 워킹으로 바뀌어서 오늘 밤 같은 일을 되풀이했다.

그 결과 저녁과 술자리를 절제하는 것으로 이어져서 체중은 생각보다 빨리 원래대로 돌아왔다.

나는 이 성과를 워킹 중에 보고했다.

“오? 정말? 잘됐다. 축하해.”

“사랑의 힘이야, 세이지! 러브 이즈 파워!”

“부끄러운 소리 그만해.”

부끄러워하면서 말하는 세이지를 보고 이 남자가 좋아서 참을 수 없어진 나는 손을 잡았다.

오늘부터는 손을 팽개쳐질 걱정이 없어졌다.

“세이지 너무 좋아.”

“응, 나도 선생님.”

또 그렇게 선생님이라고 부르지.

하지만 이제는 이것도 부끄러움을 감추려는 행동 중 하나라는 걸 알기에 더욱더 사랑스럽게 느끼고 말았다.

34화 • 마력

통, 토옹.

"갑니다-!"

"잘 부탁드립니다!"

통, 토옹.

울타리 너머에서 여자 테니스 부 부원들이 라켓을 휘두르고 있다.

방과 후.

사나는 수학 쪽지 시험에서 참패를 당했기 때문에 오늘은 남아서 보충 수업을 받아야 해서 나 혼자 집에 가게 되었다.

안 가본 길로 돌아가 볼까 하던 차에 테니스 코트를 발견했고 어쩌다 보니 연습을 구경하게 되었다.

인터하이 예선까지는 이제 한 달도 채 남지 않았는지 연습에 약간이지만 긴장감이 돌고 있었다.

딱히 내가 테니스를 좋아하는 것도 아니고, 친한 여자애가 코트에 있는 것도 아니지만.

탁탁탁, 토옹.

-펄럭.

……너무 신경 쓰인다.

슬쩍 보여주기 발생 장치-정식 명칭은 스커트라나 뭐라

나-가 내 시선을 독차지 했다.

보통은 체육복이나 팀 트레이닝 복을 입고 연습하는데, 대회가 가까워서인지 연습도 유니폼 차림으로 하고 있었다.

보여도 괜찮도록 속바지를 입고 있겠지만 아무래도 신경이 쓰인다…….

이렇게 모두가 진지하게 연습에 임하고 있는데 이런 생각을 하다니 불성실함의 덩어리 같은 나.

너무 뚫어져라 쳐다보다간 변태 취급 당할 테니 걸어가면서 흘깃흘깃 코트를 살폈다.

"?"

문득 시선을 느끼고 돌아보았다.

하지만 아무도 없었다.

이상하네……. 기척이 있었는데.

이상하게 생각하면서 나는 테니스 코트에 미련을 남기고 집으로 돌아갔다.

그 주 토요일의 일이다.

나는 히이라기쌤과 데이트하기 위해 집까지 찾아갔다.

"세이지 어서 와."

히이라기쌤이 문을 열고 나를 맞아 주었다.

그때 평소와 다른 점을 눈치챘다.

"무슨 일 있어?"

"어, 아아, 으으응. 아무 것도 아니야."

평소 히이라기쌤은 실내복으로 트레이닝 복이나 바지를

입곤 했다.

하지만 오늘은 스커트를 입고 있었다.

……그것도 꽤 짧은 걸로.

색이 흰색이고 드러난 다리도 당연히 하얘서 눈이 부실 정도였다.

"하루카 다리 예쁘네."

"그래? 특별히 예쁜 건 아닌 거 같은데, 고마워."

기쁜지 부끄러워하는 히이라기쌤.

'들어와 들어와'하고 나를 재촉하더니 빙글하고 돌았다. 화악 하고 스커트가 꽃잎처럼 펼쳐졌다.

헛?!

방금 뭐가 보였는데.

확, 하고 히이라기쌤이 당황하면서 치맛자락을 잡았다.

흘깃 내 쪽을 본다.

"아, 아니 못 봤어, 못 봤다고."

"그래?"

지금껏 데이트할 때 치마를 입은 적이 전혀 없었던 것은 아니다.

하지만 오늘은 치마 길이가 극단적으로 짧다.

"오늘은 스커트 길이가 되게 짧은 거 같네."

"이런 거 좋아하지 않아?"

"좋아하냐고 물으면 그렇긴 하지만……."

가볍~게 히이라기쌤이 몇 번 제자리 뛰기를 했다.

팔랑, 팔랑, 팔랑.

그렇게 움직이는 거 그만둬! 신경 쓰인다고!

"저번에 테니스 부 여자애들 계속 보고 있더라?"

"으윽, 그 시선 선생님이었구나……."

"선생님이 아니라 하루카잖아-? 세이지는 짧은 치마를 좋아하는 거 아냐?"

그건 아니지.

예쁘게 꾸미고 싶어서 그런 옷을 입는다면 딱히 말릴 생각은 없고, 좋다고 생각한다. 하지만 무조건 짧은 치마를 입으면 좋아할 거라는 건 너무 마구 만든 공식이 아닌가.

"아, 혹시 내가 짧은 치마를 좋아해서 테니스 부 여학생들의 연습을 보고 있었다고 생각한 거야?"

"어, 아니야?"

뿅뿅, 히이라기쌤이 뛸 때마다 스커트가 팔랑하고 들춰진다.

파렴치 행위 금지이이!

생각은 했지만 입 밖으로 내지는 않았다.

주방에 가서 언제나처럼 커피를 내렸다.

한 모금 마시고 히이라기쌤에게 말을 걸려고 하는데, 어라? 이번에는 맞은편에 앉아있다.

……짧아서 다 보일 것 같은데요.

마음을 다잡고 헛기침을 했다.

"하루카 잘 들어? 나는 미니스커트가 좋아서 테니스부

의 연습을 보고 있던 게 아니야."

"그럼 세이지는 대관절 무엇 때문에 그렇게 열심히 뚫어져라 보고 있었던 거야? 코트 구석에 있던 여학생들이 이상하다는 시선으로 보고 있었거든?"

"그런 건 바로 알려줬어야지!"

"웅, 그렇지만 준비실에서 쌍안경으로 본 거라서."

멀어, 랄까 왜 쌍안경 같은 걸 갖고 있는 거야. 준비성도 좋아.

"어쨌든 난 그저…… 다들 열심히 연습하는구나 싶어서……."

슬쩍 그럴듯한 변명을 해보았다.

"거짓말, 삼십 분 정도 지그시 보고 있었으면서."

금방 들켰다.

"청춘을 즐기고 있는 여자부원들이 보고 싶었던지, 다리가 보고 싶었던지, 미니스커트가 보고 싶었던지, 팬티가 보고 싶었던지—— 이중에 하나야!"

왜 화를 내는 거야?!

"하루카, 애초에 테니스 부원의 유니폼은 보이더라도 괜찮게 되어 있어서 팬티를 보려고 해도 안 보이거든."

"잘 아네."

부정적인 시선이 날아온다.

"그 말인즉슨 봐도 괜찮은 게 보고 싶었다는 거지?"

여성에게 슬쩍 보이는 것의 마력을 설명한들 납득해 주

려나.

하지만 이대로 넘어가면 히이라기쌤은 오해한 채로 끝나겠지.

여기까지 왔으면 설명할 수밖에 없겠지.

"보일 것 같은데 안보이니까 지그시 보게 돼."

"호오?"

아무래도 잘 이해가 안 되는 듯하다.

"아까부터 세이지의 시선이 계속 아래쪽을 향하는 것도 그런 이유?"

"죄송함다아아아아아아아. 슬쩍 보고 말았습니다아아아아아아아아."

흔들흔들 히이라기쌤이 고개를 저었다.

"우우응, 괜찮아. 그렇게나 좋아하는구나 싶어서."

"보일지도 모르겠다는 생각이 드니까 계속 보게 돼. ……고양이와 강아지풀의 관계 같은?"

내가 말하고도 미묘한 예시네.

"아아! 그런 거구나!"

"이걸로 이해하는 거야?"

"어쨌든 세이지는 테니스부의 여자부원들이 팬티가 보고 싶었던 건 아닌 거네?"

"응, 그렇지."

보일락 말락의 마력은 헤아릴 수 없이 깊으니까.

히이라기쌤이 스커트 자락을 잡고 팔랑팔랑 흔든다.

"이런 게 좋아?"
"대놓고 보이거든! 파렴치 행위 금지!!"
"어? 우와?! 그러려던 게 아닌데…"
방금 건 사고였다는 듯하다.
옷자락을 잡아당기면서 히이라기쌤이 고개를 숙였다.
"미, 미안 안 보이게 할 생각이었어. 보여줄 생각은 없었는데……."
전에 팬티가 보였을 때에는 이렇게까지 부끄러워하지 않았다.
아마도 자기가 일부러 보여줄 때에는 괜찮지만 사고나 생각지 못한 경우에 보여지는 건 안 되는 듯하다.
부끄러운 듯.
"아, 아니……그……감사합니다."
"왜……고마워해?"
히이라기쌤이 이상하다는 듯한 표정을 지었다.
어라? 대화가 잘 안 맞네?
"하루카 아이스케키 놀이하는 거 아니었어?"
뿅뿅 몇 번이고 제자리 뛰기를 하기도 하고 스커트 자락을 잡고 팔랑팔랑 흔들기도 하고.
"아, 아닌데! 세이지가 미니스커트를 좋아하는 줄 알고 입은 거야! 차, 착각하면 안 돼! 팬티를 보여주고 싶었던 게 아니니까!"
츤데레 같은 소릴 하더니 흥하고 고개를 돌리고 무릎을

세워 앉았다.

그러니까 보인다고요!

보여주고 싶은 게 아니라면 몸놀림이나 자세에 좀 더 신경 쓰라고!

"세이지? 가만있지 말고 무슨 말이라도 해 봐. ……그렇게 좋-앗?!"

내 시선을 눈치챈 히이라기쌤이 얼굴이 빨개져서는 세운 무릎을 내렸다.

"아—— 정말 갈아 입을래에에에."

우-왕 하면서 침실로 가버렸다.

두렵다……보일락 말락의 마력…….

35화 • 점괘

“두 사람의 상성은…….”

꾸울─꺽, 사나가 성대하게 침을 삼켰다.

“……76%.”

카나타가 담담하게 말하며 휴대 전화의 화면을 이쪽으로 향했다.

꽤 수상쩍은 운세 사이트에 무서운 글씨체로 76라고 쓰여 있었다.

“으으으음……?! 76%……? 좋아해야 하는지 실망해야 하는지 잘 모르겠네…….”

점심시간에 점에 대한 화제가 나오자 사나가 요즘 유행하는 사이트가 있다고 이야기를 꺼낸 것이 발단이었다.

“입력 순서를 거꾸로 해보면 어떨까?”

“……거꾸로 하면 86%.”

시점이 바뀌니 수치도 약간 바뀐 것 같다.

“친구 사이라면 의외로 그 정도가 딱 좋은 거 아냐? 말하고 싶은 건 서로에게 말할 수 있는 정도.”

선생님 모드의 히이라기쌤이 생글생글 웃으며 사나와 카나타를 지켜보고 있다.

지금 점친 것은 사나와 카나타의 상성으로 이 사이트에 자신과 상대의 생년월일과 이름의 총 획수를 입력하면 상성 진단을 해 준다고 한다.

"그렇게 신경 쓰이는 거야? 상성. ……상성이랄까 점괘가."

"오빠도 집에서 나오기 전에 별자리 점은 꼭 보고 나오잖아."

"그건 아침에 보는 방송에서 운세 코너를 하니까 그렇지, 일부러 신경 쓰지 않거든."

히이라기쌤도 이런 거 좋아할까?

슬쩍 쳐다보다 눈이 마주치니 미소가 돌아왔다.

선생님 모드로 미소 짓다니, 새삼스럽게 두근거린단 말이지…….

여자 친구일 때의 미소는 좀 더 종류가 다른 것 같은 느낌이 든다.

"선생님도 신경 쓰여요?"

내가 화제를 던지자 히이라기쌤이 생각해 보는 듯 고개를 갸웃했다.

"글쎄 신경이 쓰이냐고 하면 신경이 쓰이기도 하는데, 오늘의 운세도 그렇지만 선생님은 좋게 나오면 믿지만 나쁘게 나오면 안 믿는 타입이라서."

오오……요사이 거의 보기 힘들었던 어른스러운 히이라기쌤이다.

"그, 그래서 오빠는 몇인데?

움찔 히이라기쌤도 반응했다.

"몇이라니? 뭐가?"

"총획수 말이야."

얼마지. 머릿속으로 계산해보니 37이었다.

"……설마 사나 너 나랑 상성 진단해볼 생각은 아니겠지?"

"-아, 안 할거거든! 새, 생년월일을 안다고 해서 저, 저저저 점같은 거 안 볼 거니까!"

"하지 마라, 볼만한 상성은 아닐 테니까."

"그, 그러니까 안 본다고 했잖아?! 오빠는 자의식 과잉맨!"

이상한 히어로 만드는 거 아니다.

"……세이지, 총획수 몇?"

카나타도 묻는다.

히이라기쌤도 그건 알고 싶은지 응응, 하고 강하게 끄덕이고 있다.

"37이야."

파앗, 사나가 자기 휴대 전화에 무언가를 입력하기 시작했다.

"어차피 점쳐 볼 거지?"

"아, 아니라고 했잖아! 오빠는 자의식 과잉맨이야. 다, 다른 사람 거 보는 거거든."

휴대 전화를 뚫어져라 들여다보던 사나가 '아…… 100%……'라고 중얼거렸다.

멈칫 히이라기쌤이 굳었다.

에헤헤, 사나가 웃는다.
사나는 그날 하루 종일 기분이 좋았다.

『그러고 보니 선생님은 세이지의 생일을 모르더라. 사귄 지 어느새 2개월 정도나 되었는데.』
그날 밤, 퇴근한 히이라기쌤에게서 전화가 걸려왔다.
"하루카도 점쳐보고 싶구나."
『하고 싶기도…… 하고 싶지 않기도 하고…… 그치만 신경이 쓰이긴 한달까…….』
나도 같은 기분이었다.
좋은 결과가 나오는 게 제일 좋지만, 만에 하나 안 좋은 결과가 나온다면 사귀고 있기 때문에 충격이 클 것이다.
"나도 하루카의 생일을 모르더라."
"나는 12월 2일."
"어? 나도."
『거짓말-, 진짜?! 생일이 같다니 뭔가 로맨틱하네.』
"같이 축하하면 되겠네."
『응♪ 응♪』
"그렇다는 말은 올해로 스무 살?"
『아니네요. 올해 생일이면 스물넷, 지금은 스물셋이야.』
어라. 그렇다면 약간 착각을 하고 있었던 모양이다.
뭐 올해 생일을 기점으로 스물넷이 된다면 이미 스물넷

이나 마찬가지지.

말하면 화낼 것 같으니까 말하지 않겠지만.

일단 점에 관한 것은 못을 박아두자.

결과가 나쁘면 히이라기쌤은 진심으로 침울해할 것 같으니까.

"혹시 점을 봤는데 나쁜 결과가 나오더라도-."

『괜찮은데-? 나 점괘를 진심으로 믿을 정도로 어린애는 아니니까.』

그런가. 가끔 까먹게 되지만 저래 봬도 히이라기쌤은 진짜 어른이니까.

비슷한 경우를 학생 때부터 겪어왔을 거고 그런 경험은 풍부하겠지.

대화도 그럭저럭 끝나고 다음날 아침, 첫 수업은 세계사였다.

히이라기쌤이 생기 없는 얼굴로 들어오자 교실이 웅성거렸다.

"히이라기쌤의 생령인가?"

"아니, 도플갱어 아냐?"

"쌍둥이 동생?"

"그림자 분신의 분신 쪽인가?"

그렇게 모두가 착각할 정도로 초췌했다.

"……………………네. ……그러면………수업을 할게요……."

목소리가 작다.

추욱 처진 어깨로 교과서를 읽고 있다.

"……이렇게 잉글랜드 연합군이 포위한 오를레앙 마을을 잔다르크가 이끄는 프랑스군이 해방시켰습니다. 그 전투를 점괘가 좋았던 전투라고 합니다."

그런 전투가 어딨어!

분명히 점을 봤구만, 저건.

게다가 결과가 최악이었다는 걸까나.

'나 점괘를 진심으로 믿을 정도로 어린애는 아니니까(거만)'이라는 느낌이었는데.

진심으로 믿고 완전 침울해졌잖아.

말할 것도 없다.

"——잉글랜드 연합군은 점괘가 굉장히 나빴던 게 아닐까가 선생님의 견해입니다."

근거 없는 사견을 섞지 마. 역사를 가르치시라고요, 선생님.

점괘에 발목이 잡혀서 쓸데없는 말을 하고 있다.

하아. 히이라기쌤이 성대하게 한숨을 쉬었다.

점을 너무 믿어서 사기꾼에게 걸리면 평생 돈을 뜯길 것 같다…….

어제의 위세는 어디로 간 거야.

저렇게 침울해하는 걸 보면 결과가 상당히 안 좋았나 보다.

나도 슬쩍 그 운세 사이트에 접속해 보았다.

나와 히이라기쌤의 생년월일과 총 획수를 입력하고 결과 보기 버튼을 꾸욱.

잠시 시간이 걸리고 화면이 바뀌었다.

『상성 0.6%』

낮잖아?! 0%가 아닌 것이 미묘하게 리얼하다.

아래에 코멘트가 적혀 있었다.

『전생에서는 서로 부모의 원수였습니다.』

완전 최악이잖아.

우우웅…… 확실히 좀 실망이네…….

히이라기쌤이 입력할 때 실수한 거고 사실 제대로 입력하면 상성 100%의 대승리! 같은 걸 상상했는데, 현실은 그렇게 만만하지 않은 듯하다.

『히이라기 하루카(柊木春香)』의 총획수는 제대로 적었다.

내 총획수도 제대로……어라?

획수를 세면서 노트에 써 보았다.

응?『사나다 세이지(真田誠治)』의 총 획수가 37이 아니네?

36이다.

지나가는 히이라기쌤에게『분실물』보고를 했다.

"선생님 방금 이거 떨어뜨리셨네요?"

"…………어, 아아, 응………."

분실물은 예전과 같이 쪽지를 감춘 지우개다.

평소라면 또각또각 고속이동해서 교탁에 가서 내용물을

확인해 보는데 오늘은 그럴 기운도 없는지 혼령 같은 움직임으로 교탁 쪽으로 돌아갔다.

히이라기쌤의 손끝이 바스락 바스락대는 걸 알겠다.

"……?!"

읽었나보다.

"서, 선생님은 잠깐 교재를 두고 와서 준비실에 갔다 올게요."

준비실을 특별히 강조하면서 순간적으로 나에게 눈짓을 보냈다.

"조, 조용히 있으세요."

그렇게 말하고는 히이라기쌤은 팟하고 달려서 복도로 뛰쳐나갔다.

다시 한번 시도해보려는 거다.

나도 화장실에 가는 척 하면서 교실을 나왔다.

빠른 걸음으로 준비실에 가자 히이라기쌤이 휴대 전화를 쥐고 있었다.

내가 제대로 된 수치를 입력해보고 결과를 말해주는 건 위로가 될 것 같지 않았다.

그래서 스스로 해보는 게 좋을 것 같다고 생각했는데, 히이라기쌤의 표정을 보니 그게 성공한 것 같았다.

"세이지……!"

울 것 같은 얼굴로 휴대 전화의 화면을 내게 향했다.

『상성 120%』

후우, 안도의 한숨을 쉬었다.

"다행이네. 오늘 점괘가 안 좋아서 침울했던 거지? 점괘를 진심으로 믿을 정도로 어린애는 아니라고 말해놓고."

"아, 아니야……다른 안 좋은 일이 있어서 그래. 그, 그런 것보다도 이거 자알 봐봐!"

코멘트 부분을 가리키고 있었다.

『운명의 상대입니다.』

"운명의 상대, 말이지……."

"왜, 왜 그래? 조, 좋잖아. 운명의 상대. 아니면 세이지는 불만이야?"

바싹바싹 다가오는 히이라기쌤. 다가오는 모양새에서 대략 뭘 하고 싶은 건지 알 것 같았다.

"불만 없어. 완전 만족."

"잘됐다-!"

천천히 얼굴을 가까이하더니 쪼옥 하고 키스를 한다.

"수업 중인데."

"괜찮아, 한 번뿐이니까."

그렇게 말하면서 두 번 세 번 반복하는 데에도 익숙해져 간다.

운명이니 뭐니 말로 꺼내면 흔한 소리처럼 느껴진다. 그리고 역시 휴대 전화 운세 같은 것도 의심스럽다고 생각한다.

"내 운명의 상대가 세이지이듯, 세이지에게 그런 사람이

나였으면 좋겠어…….”

아 그렇구나.

입력할 때 앞뒤 순서를 바꾸면 이번에는 내 시점에서의 점괘가 나오는 건가.

내 시점에서 시험해 봤더니 '어때?'하고 히이라기쌤이 화면을 엿보더니 부끄러운지 수줍어했다.

『상성 120% 운명의 상대입니다.』

응 적당히 기쁘다.

조금은 믿어도 괜찮을지도 모르겠다.

“대승리! 브이.”

에헤헤, 히이라기쌤이 언제나와 같은 미소를 지으며 손가락으로 브이를 만들었다.

36화 • 방과 후의 다도실

"오늘 방과 후에는 다도실로 와 줘♪"

히이라기쌤이 세계사 수업시간에 건넨 쪽지에 그렇게 적혀 있었다.

다도실이라고 하면 지금은 폐부된 다도 부의 부실 겸 차실이다.

따라서 지금은 특별한 일이 없으면 사용하지 못하게 잠가 놓았을 텐데 거기서 뭘 하려고 그러는 건지……?

오늘은 가정과 부의 활동이 없는 날이라 방과 후에 특별한 일이 없어 마침 다행이다.

주변을 경계하면서 교사 뒤에 있는 아담한 단층 건물로 갔다.

안에 들어가니 히이라기쌤이 부실 입구에서 맞아주었다.

"아, 어서 와."

"어서 오라니, 여긴 무슨 수로 열었어?"

"무슨 수는, 그 방법밖에 없잖아. 몰래 만든 열쇠로 열었지."

"열쇠를 몰래 만들지 마. 들켜도 난 모른다."

"우우웅, 세이지는 여전히 성실하다니까."

여기, 여기하면서 재촉당해 깔아놓은 방석에 앉았다.

이곳은 어느 쪽인가 하면 부실로 사용된 일본식 방인 것 같았다.

옛날 부원들의 낙서에 벽에 몇 개 남아 있었다.

"잠깐 기다려 줘. 금방 차를 우릴 테니까."

"뭐어?"

'오랜만이네-'하고 혼잣말한 히이라기쌤은 방금 씻어놓은 듯 보이는 다구를 사용해 챠락챠락거리는 소리와 함께 다완(茶碗)의 속의 차를 우려냈다.

"차는 가루로 된 차야?"

"보시는 대로."

다도 할 때 쓰는 차다.

게다가 꽤나 익숙한 손놀림.

"물이랑 불도 평범한 걸로 했어. 가끔은 이런 것도 좋을 것 같아서."

"좋긴 좋은데……."

지금은 히이라기쌤이 사복을 입고 있어서 그럴듯함은 덜 하지만 정좌하고 차를 우리는 모습을 보니 움직임에 기품이 있었다.

눈앞의 히이라기쌤에 머릿속으로 기모노를 입혀본다.

……굉장해, 엄청나게 분위기 있어.

"자, 드세요."

하고 다완이 슥 내밀어졌다.

"아, 어, 그게, 훌륭한 솜씨로 내려주셔서……."

"아하하, 굳이 말하자면 그건 마신 다음에 하는 인사야.

그다지 일반적인 인사도 아니고 말야."

"그, 그런 거야?"

"그렇게 체면 차리지 않아도 괜찮은데? 작법 같은 거 다 지키면 너무 딱딱하지?"

그렇다면야, 하고 나는 편하게 마시기로 했다.

응, 역시 쓰다.

"다과입니다. 드세요."

히이라기쌤이 내놓은 것은 봉투 안에 여러 개가 들어있는 미니 도넛이었다.

"차와 도넛이라니…… 엄청난 언밸런스."

"맛있으니까 괜찮아."

자세를 딱 고쳐잡는 히이라기쌤, 정좌한 모습이 굉장히 자연스러웠다.

그러고 보니 나는 교사인 그녀와 여자 친구인 히이라기 하루카는 알지만, 그 밖의 다른 모습은 전혀 모르는구나.

"……하루카?"

"응? 왜에?"

입술에 설탕을 묻힌 히이라기쌤이 고개를 갸웃한다.

오물오물 거리며 두 개, 세 개째의 도넛을 먹는다.

정말 맛있게 먹는구나, 이 사람은.

"—아! 다도실이 열려 있어!"

밖에서 들려온 여학생의 목소리에 움찔, 나와 히이라기쌤이 동시에 반응했다.

"진짜, 별일이네. 잠그는 걸 깜빡했나?"

이번에는 남학생의 목소리.

"들어가 볼까-?"

"응."

두 사람 목소리인 걸 보니, 아마도 교내에서 둘만 있을 공간을 찾던 커플인 듯했다.

달칵달칵 히이라기쌤이 평소에는 거의 보여주지 않는 민첩성을 발휘해 내놓았던 다구와 다과 쓰레기 등을 정리하고 있었다.

들어올 때 현관에 나와 히이라기쌤의 신발을 그대로 두고 온 것이 실수였다.

"세이지, 이쪽"

손을 잡혀서 안쪽 다실로 들어갔다.

"대박! 완전 명당이잖아! 열쇠 잠그자, 열쇠."

남학생의 낮은 목소리가 나더니 철컥하고 현관이 잠겼다.

"우으으~! 내가 위험을 무릅쓰고 복사 열쇠를 만들었는데…… 방해하다니이이!"

히이라기쌤이 뺨을 부풀린 채 뿌뿌 화내고 있다.

열쇠를 마음대로 복사해 온 사람이 나쁜지, 그럼에도 불구하고 우리 둘 사이를 방해하는 사람이 나쁜지, 판단이 서질 않아서 나는 입을 다물고 있었다.

"어라? 지금 저쪽에서 사람 말소리가 들리지 않았어?"

"어이 어이, 그러지 마."

"아냐, 겁주려는 게 아니라 누가 먼저 와있던 게 아닌가 싶어서."

잠깐의 침묵.

그런 후에 찌걱 다다미가 삐걱이는 소리가 들렸다.

"""——읏?!"""

우리는 엄청나게 당황해서 작은 벽장으로 들어갔다.

드륵, 장지문이 열리는 소리가 나더니 "아무도 없는데?" "그럼 기분 탓인가?" 하고 커플이 주고받는 대화가 들렸다.

두근두근 긴장하고 있던 히이라기쌤과 나는 동시에 안도의 한숨을 내쉬었다.

"어, 어라? 열쇠……? 열쇠가 없어……!"

"왜 그래?"

"세이지 혹시 다도실 열쇠 못 봤어?"

"아니, 나는——."

'못 봤는데'라고 대답하려는 순간이었다.

"이거- 여기 열쇠 아니야? 럭키. 누가 떨어뜨렸나봐."

장지문을 아주 조금만 열고 다실을 훔쳐보니 3학년으로 보이는 여학생이 열쇠를 들고 있었다.

아까 히이라기쌤이 들고 있던 다도실 열쇠가 틀림없어 보였다.

"분해에에……! 내가 열심히 생각한 끝에 찾아낸 러브러브 스폿인데에……."

"쉿-."

으그극, 이를 갈고 있는 히이라기쌤을 달랬다.

쓰담쓰담, 쓰다듬어 주는데 쪽 하는 소리가 났다.

그것은 우리가 아니라 다실에 있는 커플이 낸 소리였다.

으와와와. 꽤 격렬하고 본격적인 키스였다.

"세, 세이지는 보면 안 돼."

"어, 어째서."

작은 소리로 소곤소곤 대화를 주고받는 동안 다실 안의 커플은 격렬함이 깊어지고 있었다.

"후……읏, 우응……."

이, 이건 갑자기 시작하니까 어쩔 수 없이-!

팍 튀어나온 손이 뒤에서 내 눈을 가렸다.

"더, 더 이상은 안 돼."

크, 히이라기쌤 너무해……!

야한 장면은 못 보게 할 작정이구나……?!

"하, 스무 살이 될 때까지 이런 건 보면 안 되는 거야, 알겠지……? DVD 같은 데에서도 보면 안 돼?"

너무 엄한 거 아냐?! 음주, 흡연과 같은 레벨이냐고.

하지만, 옷이 스치는 생생한 소리가 계속 들리고 있었다.

"아, 정말…… 3학년이 이런 곳에서 뭘 하고 있는 거야아아……. 어, 스커트 안……아우우우우우……자, 잠까안……."

부끄러워하면서 히이라기쌤이 실황 중계를 해주고 있다.

본인은 완전 흥미진진이잖아.

"에——. 후에에…… 그런……?!"

뭐가 어떻게 되고 있는지 괜히 더 신경 쓰인다.

그것보다 선생님.

가슴이 계속 등에 닿는데요.

계속되는 그 소리와 호흡 소리가 들리더니 히이라기쌤이 축 처졌다.

"이, 이젠 안 돼…… 모, 못 보겠어……."

히이라기쌤이 풀썩 옆으로 쓰러지며 녹아웃 당했다.

끄으으……, 히이라기쌤이 눈을 뒤집고 기절하고 말았다.

얼마나 면역이 없는 거야.

……자 그럼.

나 역시도 AV에서만 보았기 때문에 진짜로 하는 것을 보는 건 처음이었다.

어디어디…….

어라, 옷 입고 있잖아?! 벌써 다 끝났어?!

생각보다 너무 빨라아아아아아아아!!

이런 게 원래 다 그런 겁니까 선배니이이임!!

지금은 러브러브 시시덕거리는 3학년 커플이 보일 뿐이었다.

그런 후에 커플은 다실을 나가서 다도실을 떠났다. 당연하지만 열쇠를 밖에서 잠가 버렸다.

그 두 사람은 또다시 복제 열쇠를 사용해서 여기에 오

겠지.

히이라기쌤도 같은 생각을 한 것 같았다.

"선생님? 이제 괜찮을 거 같은데?"

장지문을 열고 정신을 잃은 히이라기쌤의 어깨를 흔들었다.

"응…… 우우웅…… 어라, 나 잠든 거야?"

"응, 이것저것 일이 있어서."

"그렇구나. 미안, 혼자 잠들어서. 정말 끔찍한 꿈을 꾼…… 듯한, 왜 그렇게……그……야한 꿈을 꾼 걸까……."

부끄러운 듯 머뭇거리며 히이라기쌤이 무릎을 맞대고 비비고 있었다.

아, 이 사람은 방금 일어났던 일들을 꿈이었다고 처리할 생각이구나…….

정신을 잃을 정도로 충격적인 장면이었던 듯하니 그런 걸로 넘어가야겠다.

"오늘은 이만 정리하고 같이 돌아갈까? 자동차로 바래다줄게."

"아, 응 고마워."

기분이 좋은 듯 히이라기쌤이 룰루랄라 부엌 싱크대에 처박아 놓은 다구들을 씻기 시작했다.

쓰레기통을 찾는지 두리번두리번 거리고 있다.

"하루카, 쓰레기통은 뒤쪽 선반 옆에 있어."

"아 그렇네, 고마워. ……? 쓰레기통에 뭔가 들어있—

—후, 후냐아아아아아아아아아아아.”

고양이 같은 비명 소리를 들은 내가 히이라기쌤 쪽으로 급히 달려갔다.

“무슨 일이야?”

“쓰레기통에……, 쓰레기통에…….”

괴물이라도 본 듯 히이라기쌤이 나에게 매달렸다.

뭐가 들어있나?

히이라기쌤이 가리키는 쓰레기통을 들여다보았다.

……어딘가에 사용된 듯한 휴지가 가득 들어있었다.

“아아, 아까 그…….”

“아, 아까아?! 그, 그 말은, 꿈이 아니었단 말이야……? 여, 여기는 학교인데?! 게다가 다도실에서 그런── 아직 고등학생인데…… 파, 파렴치한.”

금방이라도 쓰러질 듯 비틀거리는 히이라기쌤을 받쳐주었다.

아, 이런. 어쩌다 보니 가슴을 만져버렸네.

끄으으……. 히이라기쌤은 또 눈을 뒤집고 기절해 버렸다.

면역이 너무 없잖아. 얼마나 과보호 받으면서 자란 거야.

나는 잠시 후 정신을 차린 히이라기쌤을 데리고 안쪽에서 열쇠를 열고 밖으로 나갔다.

돌아가는 차 안.

“어, 있잖아…… 우, 우리에겐 아직 이르잖아? 우리에겐 우리만의 페이스가 있으니까…… 그렇지?”

무엇이라고 딱 집어 말하진 않았지만 히이라기쌤의 얼굴은 계속 새빨갰다.

"하지만 우리도 진지한 키스는 수학여행 때."

"그, 그, 그, 그건! 술과 여행지에서의 해방감 탓에, 저질러버린 거지! 미안! 잊어줄래? 나도 많이 반성했으니까……, 원래 하면 안 되는 거야."

키스는 괜찮지만 그 이상은 안 된다고 인식하고 있는 듯하다.

"그래서 있지 아, 아직 사귄지 얼마 되지도 않았고…… 결혼한 다음에 하는 게 수, 순서로 치면 바르다고 할까……."

"그런 거면 괜찮지만…… 히이라기쌤 기다릴 수 있어요?"

"……………………기, 기다릴 수 있는데?"

아무리 생각해봐도 흥미가 가득한 거 같은데.

"뭐야, 그 침묵은. 아, 혹시?"

"아, 아, 아, 아니거든! 야한 생각 하는 거 아니니까!"

"나 아직 아무 말도 안했는데."

"세이지 못됐어~~~~엇!

투닥투닥 양손으로 나를 때리는 히이라기쌤.

"우와앗?! 핸들에서 두 손 다 떼지 마!"

두세 번 비틀거리던 차는 다행히 사고 없이 나아갔다.

37화 • 풀사이드의 여신

6월도 반이 지나자 육상이나 구기 종목만 하던 체육시간이 수영으로 바뀌었다.

우리 학교의 수영 수업은 남녀 합동 수업이기 때문에 남학생들이 술렁이는 것도 어쩔 수 없는 일이다.

우리 반에는 '끼얏호–이! 수영복 입은 여자들이다!' 같은 반응을 보이는 모히칸 양아치 녀석들은 없고 풀사이드에 여학생들이 등장하면 안 보는 척 하면서 슬쩍슬쩍 훔쳐보는 소심한 변태 집단만 있었다.

한 명을 제외하고는.

"어이, 후지모토, 너 너무 쳐다본다. 나중에 여자들끼리 '후지모토 징그러'라고 뒷담화 할걸."

내가 어깨에 두른 팔을 후지모토가 뿌리쳤다.

"앞일은 알 수 없지. 다만 지금 내가 말하고 싶은 건, 지금 이 순간 나는 살아있어. 그저 그뿐이다."

"뭘 폼 잡고 있냐."

"시끄럽다 팬티수영복맨."

"너도 마찬가지거든. 기분은 알겠지만 그 벌건 눈이라도 어떻게 안 되겠냐."

"풀장 물이 들어가서 그래."

"아직 들어가지도 않았잖아."

그렇게 말하는 나도 여자들의 수영복 차림은 신경 쓰였다.

한눈팔고 싶다거나 그런 건 아니지만 아무래도 눈길이 간다.

우우웅…… 고등학생. 최고다…….

알맹이가 순수한 고등학생이 아닌 나로서는 이미 엉큼한 시선으로 볼 수밖에 없었다.

체육 선생님의 지시에 따라 가벼운 체조를 하고 있는데 여학생들이 소란스러웠다.

"아, 선생님-!" "에엣~? 또 찍는 거야-?" "선생님도 들어가세요?"

탈의실 쪽에서 히이라기쌤이 나와서 풀사이드에 선 참이었다.

"나는 안 들어가거든? 선생님은 수영을 못하니까 잠깐 견학할게."

데헤헷하고 웃는 히이라기쌤의 손에는 핸디캠이 들려있었다.

또냐!

견학하는 사람의 자세가 아닌뎁쇼!

"괜찮아, 괜찮아, 여학생들은 다들 귀여우니까! 최악의 경우엔 얼굴에 모자이크 넣어줄 테니까 안심들 해."

오히려 더 수상해 보이겠다!

"열심히 해!"

히이라기쌤이 웃으면서 남학생들-이랄까 나에게 손을

흔들었다.

남학생들의 술렁임이 최고치에 올랐다.

"히이라기쌤이 그렇게 말한다면 뭐, 진짜 실력이라는 것을 ……보여주도록 할까?"

"나를 찍으러 오셨구만……?"

"일 년에 단 한 번만 쓸 수 있는, 나의 진짜 실력을 오늘 보여주겠어-!"

은근슬쩍 다들 흐뭇하게 보거나, 복근에 힘을 주거나, 진지한 표정을 지어가면서 엄청나게 히이라기쌤을 의식하기 시작했다.

아니, 미안하지만 히이라기쌤의 응원은 나를 향한 것 같다만.

"선생님 다리 가늘어요!" "정말 늘씬해요!" "피부도 새하얘!"

여학생들의 찬사가 이어지자 남학생 전원이 히이라기쌤을 쳐다보았다.

"그, 그렇지 않아."

히이라기쌤은 미소를 지으며 겸손하게 말했다.

풀사이드에 나오기 때문인지 평소 신던 스타킹을 벗고 있어서 맨다리였다.

무릎길이보다 살짝 긴 스커트를 걷어 올려 치맛자락을 한쪽 옆으로 모아 묶었다.

평소에는 보이지 않는 무릎이 보이고 허벅지가 살짝 들

여다보였다.

“뭐지 저게? 청초함의 화신?”

“호수의 요정이지.”

“아니 물을 관장하는 정령이다.”

“후광이 비치는 것처럼 보이는 건 나뿐이야?”

“수영복을 입은 것보다 더 에로스가 느껴져…….”

교실에서 보던 복장이 풀사이드 버전으로 바뀌니 히이라기쌤이 평소보다 더 매력적으로 보였다.

플사이드에서 보는 히이라기쌤도 귀여워.

야아——. 감사 감사. 저분이 바로 제 여자 친구랍니다.

이것도 아니다, 저것도 아니다 하면서 풀사이드에 나타난 히이라기쌤의 정체에 대한 논쟁이 시작되었다.

그만 그만. 나는 모두를 진정시켰다

“저분은 물가의 여신님이십니다.”

““““““아아~…….””””””

만장일치로 납득한 남학생들이 신에게 기도하듯 짝짝 손뼉을 치며 히이라기쌤에게 고개를 조아렸다.

절하지마, 절하지마! 하지만, 변함없이 히이라기쌤은 남녀 불문하고 인기가 많네.

준비운동이 끝내고 풀장으로 들어갔다.

구기 종목은 잘 못하지만, 수영은 의외로 잘하기 때문에 저번의 축구시합보다는 괜찮은 모습을 보여줄 수 있을 것 같다.

나도 좋아하는 사람 앞에서 괜찮은 모습을 한두 번은 보여주고 싶다.

바로 25미터를 자유형과 평형으로 헤엄쳤다.

"자유형 빠르네, 펭귄 같아!"

히이라기쌤이 이해가 안 가는 비유를 들어 칭찬했다.

풀사이드에서 차례를 기다리고 있는데 후지모토가 말을 걸어왔다.

"사나다아……, 사나다아……."

"왜 그래, 후지모-토……."

자세히 보니 후지모토가 구부정한 자세로 서 있었다.

"어쩌면 오늘 나는 죽을지도 모르겠다."

"사회적으로?"

글쎄……. 여학생들이 풀사이드를 빠르게 걸을 때 사람에 따라서는 약간 흔들려……!

"씨를 남기라고 머릿속에서 소리가 들려서……."

"그건 그냥 본능."

뭐, 나는 히이라기쌤과 탕에도 들어갔고, 1박 데이트도 해봤고, 같은 이불을 덮고 자본 적도 있거든? 그다지 어린 여자애들의 수영복 차림 따위는 말이지…….

움직이는 것에 눈길이 가는 것은, 동물이기에 어쩔 수 없는 것이고, 풀사이드를 달려가면 할 수 없이 그쪽을 보게 되고, 상하좌우로 흔들리면 할 수 없이 주목하게 되는…….

풀장이란, 굉장하군…….

문득 시선이 느껴졌다. 히이라기쌤이 무표정으로 지그시 나를 보고 있었다.

방금 전까지만 해도 반대편까지 헤엄쳐 가면 "꺄아! 힘내! 조금만 더! 빨라-!"하고 엄청나게 흥분 MAX상태로 떠들고 있었는데.

……감정이 죽은 듯한 얼굴을 하고 있다.

아니 히이라기쌤 그게 아니야.

동물의 습성으로 움직이는 것에 시선이 따라가는 거라서…….

내가 허리를 빼자 후지모토가 알겠다는 듯 끄덕였다.

"너도 그렇냐……."

"똑같이 보지 마."

한 발 한 발 유령 같은 발걸음으로 이쪽으로 걸어오는 히이라기쌤.

미끄덩 발을 헛디뎠다.

"후냐?!"

귀여운 비명을 지르며 히이라기쌤이 풀장으로 떨어졌다.

수영 못 한다고 방금 말했지만…… 이 풀장은 발이 닿으니까 괜찮겠지.

첨벙첨벙…….

"어푸, 하푸-."

첨벙첨벙첨벙첨벙첨벙첨벙첨벙첨벙.

"아우, 푸우, 어푸-."

가, 가라앉는다아아아아아아아-?!

"이, 어푸, 이거, 부탁했-."

부웅, 히이라기쌤이 필사적으로 무언가를 던졌다. 날아들어온 그것을 받았다.

"핸디 카메라였다."

얼마나 소중하기에!

럭비 하듯이 비스듬히 뒤에 있던 후지모토에게 카메라를 패스한 나는 체육 선생님인 코마다 보다도 빨리 풀장으로 뛰어들었다.

전력으로 헤엄쳐서 버둥거리는 히이라기쌤을 잡았다. 풀사이드로 여신님을 끌어올린다.

"선생님! 선생님! 괜찮으세요?!"

눈을 감은 채 움직이지 않는 히이라기쌤.

게다가 젖은 블라우스에 브래지어가 비쳐서…… 똑바로 바라볼 수 없는 레벨…….

가슴의 모양도 다 보여……너무 야하다.

"인공호흡…… 어서…… 죽어……."

어라? 목소리가…….

슬쩍.

가늘게 눈을 뜨고 있어?

"인공호흡…… 빨리……"

작은 목소리가 다시 들렸다.

슬쩍.

가늘게 눈을 뜨고 내 상태를 살피고 있잖아!

완전 제정신인 거 같은뎁쇼!

"인공호흡을……, ……키스 해줘……."

대놓고 요구하는 거야?!

"히이라기 선생니이이이이이이이이임!"

성난 파도와 같은 기세로 코마다가 풀사이드를 달려왔다.

안 돼, 흠뻑 젖어서 훤히 보이는 히이라기쌤을 다른 수컷에게 보여줄 순 없어!

너무 야하다고!

이건 어떤 면에서 테러나 마찬가지니까!

다들 허리를 구부정하게 숙이고서 풀장에서 못나오게 된다고!

"괜찮으신 것 같으니까 보건실로 데려가겠습니다아아아아아아아아아아아!"

나는 허둥지둥 흠뻑 젖은 에로 티처 공주님을 안아 들고 달려서 풀장을 나왔다.

하아, 흠뻑 젖은 히이라기쌤을 대중의 면전에 드러내는 사태는 어떻게든 피했다.

"정말 조심 좀 하세요, 선생님."

"……."

아직도 눈을 감고 있다….

아무도 없는 것을 확인하고 뺨에 키스를 했다.

번쩍 눈을 떴다.

“걱정 끼쳐서 미안. 그치만 세이지, 여학생들의 수영복을 엉큼한 눈으로 보고 있었지?”

흥, 하고 히이라기쌤이 뾰로통해졌다.

“아니, 그건 그…… 선생님이 수영복 차림이었으면 아마 계속 보고 있었을 거야.”

“정말? 그럼 다음에는 수영복을 입고 견학하러 갈까…… 학교 수영복밖에 없지만…….”

그건 그것대로…… 괜찮네.

“수업시간에 다른 애들에게 보이는 건 좀 아깝지만.”

“아, 그거 독점욕인거야?”

“부정하진 않겠어…….”

히이라기쌤은 기분이 좋은지 우후후, 하고 웃었다.

“그럼, 제대로 된 수영복을 살 테니까…… 여름에는 바다에 가자.”

“응.”

예전에 사나와 몇 번 가본 적은 있지만 다른 사람과 놀러 가는 것은 아마도 처음이다.

어느새 여름에 할 일이 하나 생겼다.

“그리고 가장 먼저 구해줘서 고마워. 멋있었어.”

히이라기쌤이 몸을 일으켜 내 뺨에 쪽 하고 키스를 했다.

“아무 일도 없어서 다행이었어. ……이제 내려놔도 돼?”

“조금만 더 이렇게 있어도 돼?”

나의 공주님은 즐거운 듯 그렇게 말하더니, 더욱 꼬옥 안겨 왔다.

이렇게 나는 팬티 수영복 한 장 차림으로 히이라기쌤을 보건실에 옮겨 주었다.

38화 • 빈집털이 사건

◆ 히이라기 나츠미 ◆

딩동—.

"……어라? 오늘은 토요일이니까 집에 있을 줄 알았는데."

딩동, 딩동, 딩동, 딩도—옹.

하루짱 집의 초인종을 연달아 눌러보았다, 호수도 틀림없는데……?

방의 호수를 확인해 본다. 『205호』. 이상하네에…….

토, 일요일은 대체로 한가하니까 놀러 오라고 했었는데.

"하루짱? 귀여운 여동생이 왔는데요—?"

콩콩. 노크해 보아도 반응 없음.

흐음, 완전 비어있네.

모처럼 서프라이즈로 이 몸이 와주었는데.

엄마가 맡긴 예비 열쇠로 들어가 있다가 깜짝 놀라게 해 줘야지.

몰래 침실에 들어가서 기다리고 있는데 말소리가 들려왔다.

"하루카 이거, 재료를 너무 많이 산 거 아냐?"

남자 목소리—?

부, 분명 남친이야!

"괜찮아, 괜찮아. 오코노미야키 파티 할 거니까. 모자라는 게 더 곤란하잖아-?"

하루짱에게 전에 물었을 때는 남자 친구 없다고 했는데.

부스럭부스럭 비닐봉지 소리와 발소리가 나더니 점점 말소리도 커졌다. 문 하나 건너편의 부엌에 있는 것 같았다.

……?

뭔가 조용해졌네?

남자 친구는 어떤 사람일까…….

살짝 문을 열고 거실을 살폈다.

잘 알고 있는 나의 언니, 하루카가 남자의 머리에 팔을 감고 있다.

으와아아, 아직 훤한 대낮인데……?!

보면 안 된다는 걸 알면서도 너무너무 신경이 쓰여서 눈을 돌릴 수가 없었다.

꿀꺽…….

후꺄아아아아아아?!

쪽쪽거리기 시작했어어어어어어어?!

쪽 정도가 아니라 이미 푹 빠져버렸어.

여여여여여, 역시 애인 사이잖아!

우으으으…… 가족의 그런 장면은 보고 싶지 않아.

어어어어, 어떡하지…… 이 이상의 일을 갑자기 시작하거나 하면?

하지만 눈을 떼지 못하는 마음도 있다…….

꿀꺽…….

남자가 하루짱을 꽉 잡아서 떼놓았다.

"잠깐—. 맛있는 오코노미야키 만들어 준다고 했잖아?"

"응. 만들 건데? 우선 그전에 세이지 에너지를 보충할까 싶어서."

끼 부리는 표정이야…….

하루짱, 집에서도 학교에서도 바른생활 착한 아이였는데.

아, 이건 혹시……, 하루짱을 속이는 나쁜 남자?

백치미 넘치고 순진한 하루짱에게 있을 법한 일이야.

내가 아는 한 남친이라고 할 만한 건 이 사람뿐이고.

"세이지 에너지라니 그게 뭐야. 게다가 오코노미야키 파티라니……, 나랑 선생님밖에 없는데?"

"정말 선생님이 아니라, 둘만 있을 때는 하루카잖아—?"

둘이 서 있는 위치가 바뀌면서 그 타이밍에 남자의 얼굴이 슬쩍 보였다.

어떤 남자인가 했더니, 얼굴은 그럭저럭 괜찮은 미남이었다.

다행이다. 괜찮은 청년 같아.

응? 근데…… 꽤 어려 보이는데?

나보다 연하……겠네, 분명히.

——엣, 내가 고3인데??

그보다도 연하라는 건…… 고등학생? 이라는 말?

게다가 방금 선생님이라고…….

직업이 고등학교 교사니까 그렇게 부르는 거라고 생각했는데, 그게 아니라면.

그럼, 저 두 사람은—.

"학교에서는 히이라기 선생님이지만 여기서는 세이지의 여친이란 말야."

선생님과 학생이 사귀고 있는 거야—?

서, 설마……. 그 고지식한 하루짱이 그런 짓을 할 리가…….

나갈 타이밍을 완전히 놓쳤다. 온종일 여기서 몰래 감시하는 것도 싫은데…….

"어, 어쩌지—."

◆ 사나다 세이지 ◆

응, 지금…… 사람 소리가 나지 않았나?

쪼오옥, 이쪽으로 입술을 내밀고 바짝 다가오는 히이라기쌤을 손바닥으로 막았다.

"잠깐 기다려."

"므쮸우?!"

도, 도둑은 아니겠지?

침실 쪽에서 소리가 들렸다.

빈집털이가 들어왔을 때, 때마침 우리가 돌아와 버렸다

는 그런 거?

어렴풋이 무슨 소리가 들렸다.

"아, 빈집털이일까?"

히이라기쌤도 소리를 들었는지 긴장한 얼굴로 내 쪽을 보았다.

"……빈집털이가 들어왔으면 110번에 전화해야지-."

히이라기쌤이 팔을 잡더니 전화를 꺼냈다.

"세, 세이지 110번은 몇 번이야?!"

"진정해 하루카. 110번은 1, 1, 0이야."

"그, 그, 그렇네."

"——어, 110번?! 뭔가 일이 커지잖아?! 잠깐, 그건 곤란해!"

문 건너편에서 당황한 빈집털이범이 소리쳤다.

이쪽이 이야기 하는 게 들리는 모양이다.

그쪽의 혼잣말도 들리지만.

빈집털이범은…… 여자인가…….

"하루짱 스토-옵!"

꽝, 기세 좋게 문이 열리더니 활발해 보이는 숏커트 소녀가 나타났다.

하루짱?

"아?! 나츠미! 어떻게 나츠미가 여기에?"

"우- 놀라게 해주려고 숨었는데……."

"그랬구나. 우리 집에 놀러와 줬구나! 아, 세이지, 얘는 나츠미라고 내 여동생이야."

나는 '아, 네' 하고 가볍게 인사를 했다.

나츠미라는 여동생 쪽도 어색하게 고개를 숙였다.

"아, 네에, ……안녕하세요."

"그래서, 이쪽 남자분은……?"

말문이 딱 막힌 히이라기쌤이 굳었다.

나와 히이라기쌤이 사귀는 건 절대로 들켜서는 안 된다.

그런 이유로 남자 친구는 없는 것으로 한다.

이 두 가지는 우리가 연인 관계를 지속하기 위해 깨져서는 안 되는 규칙이다.

그야, 소개하기 곤란한 게 당연하지만.

오히려 이 상황이면 소개하기가 곤란하지.

휴일에 혼자 사는 선생님 집에 오는 학생도 이상하니 같은 학교의 학생이라고 말할 수도 없다.

"그게-, 그러니까- 어쩌지……."

히이라기쌤이 몹시 당황하기 시작했다.

동공 지진으로 시작해 최종적으로 눈이 빙글빙글 눈을 돌리기 시작했다.

"이, 이, 이 사람은 방금 알게 된 빈집털이범이야."

방금 일어난 빈집털이 미수 사건에 끌려 들어갔어?!

예상을 초월하는 발언…….

하지만 그밖에 다른 소개를 해줄 것 같지 않아서 살짝 고개를 숙였다.

"아, 안녕하세요…… 빈집털이범입니다."

'빈집털이범이야'라고 소개를 당하면 '빈집털이범입니다' 하고 말할 수밖에 없었다.

달리 소개할 말도 없고, '아니 아니 그건 아니지' 하면서 핀잔을 준다 해도, 그 뒤에 어떻게 해결하면 좋을지 나도 모르겠다.

그래서, 지금 나는 빈집털이범이다.

방금 했던 '빈집털이'라는 말이 기억에 남아 어쩌다보니 튀어나왔겠지만.

이것 봐.

히이라기쌤은 이미 '아, 어쩌지……'라는 표정이다.

"하. 하루짱…… 방금 알게 된 사람에게…… 키스하고 그러는 거야?"

모순점을 제대로 지적받았다고. 어쩔 거야.

여동생인 나츠미가 불안한 눈으로 히이라기쌤을 보고 있었다.

그건 그렇고 빈집털이라는 무시무시한 단어는 무시하기냐.

뻘뻘 식은땀을 흘리면서 히이라기쌤이 얼굴을 돌렸다.

"하……하는데? 방금 알게 된 사람이라도 키스 정도야, 뭐 어때."

강행돌파다!!

물러설 수 없으니 빗치 발언!

나는 빈집털이가, 히이라기쌤은 빗치가 되었다.

"내가 아는 하루짱은 그렇지 않잖아?!"

그렇겠지. 아마 본인도 몰랐을 걸.

"지금까지 계속 숨겨서, 나츠미가 몰랐던 거야."

나를 포함한 전원이 (어쩌지……) 라는 얼굴을 하고 있다.

"어, 어쨌든 일단 앉을까요?"

방금 알게 된 빈집털이범인 내가 나츠미에게 소파 자리를 권했다.

나와 히이라기쌤이 사귀는 사이라는 걸 숨기려고 했더니 처음 보는 빈집털이범, 빗치 교사, 순수한 여동생이라는 의문의 트라이앵글이 만들어졌다.

어, 어떻게 해야 해 이거어어어어어어어.

"나는 사온 식재료들을 냉장고에 넣으러 갈게. 저녁 준비도 해야 되겠네……."

슈퍼 봉지를 들고 히이라기쌤이 도망쳤다.

"저기…… 빈집털이 군은 이름이 세이지예요?"

"아, 네……, 방금 저기서 갑자기 언니 분…… 선생님을 맞닥뜨려서……."

빈집털이를 하러 들어왔다가 선생님에게 들켜서 사정을 들어보자는 명목으로 저녁을 얻어먹게 되었다-라는 급조된 허점투성이 이야기를 했다.

"그렇구나."

믿었어?!

"세이지는 지금 몇 살?"

"열일곱 입니다."

"빈집털이 같은 짓을 하면 안 되지! 그런 짓하면 경찰서에 잡혀가."

히이라기쌤의 빗치 발언이 충격적이었는지 나와 히이라기쌤의 이상한 관계에 대해서는 신경 쓰지 못하는 것 같았다.

어쨌든 이렇게 되니 결과적으로 빗치 발언은 괜찮은 대처였다.

"네. 히이라기 선생님께서 이 아파트에 사시는 줄 모르고……, 하지만 그 덕분에 미수에 그쳤습니다."

반성하는 듯 풀죽은 느낌으로 이야기해 둘까.

나는 히이라기쌤에 대해 알고 있지만, 히이라기쌤은 나를 모르는 것으로 해두었다.

"하루짱이 그렇게 쉬운 여자였을 줄이야……."

역시 히이라기쌤의 빗치 발언이 꽤 충격이었나 보다.

"애초에 나츠미가 갑자기 오는 바람에 이상하게 꼬였잖아?!"

듣고 있었는지 히이라기쌤이 부엌에서 얼굴을 내밀었다.

굉장히 기분이 나쁜 것 같다.

그것도 그렇지.

어젯밤에도 오늘의 오코노미야키 파티를 굉장히 기대하고 있었던 것 같았으니.

히이라기쌤이 그렇게 말할 만하다.

만나러 올 생각이면 언제 가겠다고 제대로 약속을 잡는 게 어른의 상식 아닌가.

"난 하루짱을 놀라게 하려고 한 것뿐인데…… 쪽쪽 거리기 시작하니까…… 나갈 수가 없어서."

"보, 보고 있었구나……."

얼굴이 새빨개진 히이라기쌤이 얼른 부엌으로 돌아갔다.

순진한 반응은 굉장히 귀엽지만 빗치라는 설정을 잊지 말아줘.

히이라기쌤이 핫플레이트를 드는데 무거워 보여서 들어 주었다.

"아, 세이지…… 고마워."

"으으응, 괜찮아요."

테이블 위에 올리고 준비하고 있는 나를 나츠미가 지그시 보고 있었다.

"뭡니까……?"

"하루짱 집에 처음 온 거 아니죠?"

어떻게 안 거야?

"그렇지 않은데요? 처, 처음 왔는데요."

"콘센트의 위치를 확인도 안 했는데 알았잖아요. 찾아보지도 않고."

으엑, 탐정이냐.

"그냥 눈에 들어와서요"

"그래요……?"

으으으……. 아직 약간 의심스러운지 지그-시 바라보고 있다.

까다롭네…….

사나보다도 정확하게 이쪽의 약한 부분을 찔러 들어온다……!

으-음, 불만스러운 듯 내 쪽을 보면서 안쪽에 있는 히이라기쌤의 뒷모습에 시선을 던지는 나츠미.

그리고 곧 커다란 보울을 들고 온 히이라기쌤이 핫플레이트에 사람 수에 맞게 오코노미야키를 굽기 시작했다.

잘 구워진 오코노미야키는 따끈따끈하고 맛있었다.

"하루짱은 여전히 요리를 잘 하네."

"그치-? 나츠미도 연습하면 남자 친구가 생길 거야."

어이, 히이라기 하루카. 슬쩍 이쪽을 보지 말라고.

"생각해 볼게."

오물오물 오코노미야키를 먹는 나츠미.

느긋한 히이라기쌤과는 성격이 반대인 것 같았다.

오코노미야키를 다 먹고 식후의 휴식을 보낸 후 나는 어서 돌아가기로 했다.

"오늘은 정말 감사합니다. 저녁까지 얻어먹어서."

히이라기쌤은 추욱 처져 있었다.

둘이서 보낸 시간은 슈퍼에 왕복하는 시간과 장 보는 시간뿐이었으니 한 시간도 채 되지 않았다.

섭섭한 표정으로 히이라기쌤이 아쉽다는 듯 손을 흔들었다.

그런 얼굴을 하면 나도 슬퍼진다.

이별이 아쉽지만 오늘은 여기서 후퇴.

“저기, 빈집털이 군.”

내가 주차장에 세워둔 자전거에 올라타는데 위쪽에서 나츠미가 보고 있었다.

“정말로 빈집털이를 하려고 했어?”

“그럴지도 모르죠.”

“아-, 어느 쪽인데?”

타이밍이 좋지 않았지만 나츠미가 나쁜 사람이 아니란 건 충분히 알 수 있었다.

나는 적당히 손을 흔들고 자전거를 달렸다.

이 뒤는 히이라기쌤이 알아서 우리의 관계를 애매한 영역으로 떨어트려 주기를 바랄 뿐이다.

◆ 히이라기 나츠미 ◆

빈집털이 군을 보내고 하루짱 집으로 돌아갔다.

“무슨 일 있어?”

“아무 일도 없는데…… 그냥 좀…… 우웅…….”

아무리 봐도 기운이 없어 보인다.

같이 밥을 먹으면서 느낀 점을 말하자면, 아무래도 하루짱은 빈집털이 군에게 호감을 가지고 있는 게 분명했다.

귀여운 동생을 대할 때와 비슷하다.

언니는 내가 알고 있는 언니와 다르지 않고, 빗치같은 말을 한 것은 분위기를 타다 보니 어쩌다 그만 실수로 말해버린 게 아닐까.

빈집털이 군은 서먹서먹한 태도를 계속 유지하고 있어서 무슨 생각을 하는지 알 수가 없었다.

그게 연기였다면 솔직히 대단하다고 생각한다.

하루짱은 식사 할 때나 빈집털이 군이 집에 돌아갈 때와 비교하면 급격히 기운이 빠지고 있다.

"모르는 사람이라는 건 거짓말이고 사실은 좋아하는 거지? 빈집털이 군 말이야."

"거짓말 아니에요우. 아냐…… 아니라구…."

어라? 그럼 내 착각인가?

"빈집털이 군은 학교에서 종종 봐?"

"으-응, 전혀. 그쪽은 나를 아는 거 같았지만."

흐음흐음. 역시 하루짱에게는 처음 보는 사람이나 마찬가지였던 걸까.

하루짱의 학교와 내가 다니는 학교는 꽤 떨어져 있어서, 확인해 볼 방법이 없네…….

키스는…… 내가 잘못 본 거였다, 던가……?

당황해서 그렇게 보였던 걸까?

"나츠미도 남자친구 만들어 봐, 하루하루가 재미있다?"

하루짱이 시시하다는 듯 말하더니 뒹굴, 소파에 가로로 드러누워 전화기를 만지작거리기 시작했다.

좀 전까지는 빠릿빠릿하더니 게으른 고양이처럼 뒹굴뒹굴하고 있다.

그 빈집털이 군, 뭐하는 녀석이지……?

39화 • 옥상

딩동댕동―.

『2학년 B반 사나다 학생, 2학년 B반 사나다 학생. 교무실 히이라기 선생님께 오세요. 다시 알려 드립니다―.』

아침 1교시가 끝나자 교내 방송이 흘러나왔다.

웅성웅성, 교실의 모든 학생들이 나를 보고 있다.

"어이 사나다, 너 뭐했냐?"

옆자리의 후지모토가 즐거워하면서 물었다.

이 자식 내가 불려가서 혼날 거라고 예상하고 있군.

안타깝게도 그럴 일은 없단다.

그런데 왜 교내 방송으로 부르는 거야?

결국 주말에는 그 후로 서로 연락하지 않았으니 오늘 부르는 건 뒷수습을 위해서일까?

여신님께 호명당한 나는 재빨리 교무실로 달려가 히이라기쌤을 찾아 근처에 섰다.

"선생님 부르셨어요?"

일을 하던 히이라기쌤이 내 목소리를 듣고 고개를 들었다.

"아이참, 선생님이 아니라 하루―카……."

아침부터 얼이 빠져있어.

중간에 깨닫고는 '아, 큰일 날 뻔'이라는 표정을 지었지만.

다행히 큰 소리로 말하지 않아서 교무실의 누구도 방금

한 말실수를 눈치채지 못했다.

언제나와 같이 빈 의자를 옆으로 끌어왔다.

“부 활동 관련, 이것저것, 할 이야기가, 있습니다.”

당황한 나머지 로봇같이 딱딱한 말투가 되었다?!

“부 활동에 관해서요?”

의아해하는 연기도 잊지 않고 덧붙이면서 나는 옆에 마련된 의자에 앉았다.

“오늘의 활동 말인데.”

그렇게 말하면서 히이라기쌤이 종이에 무언가 적기 시작했다.

『오늘 점심시간은 둘이서만 보내고 싶어!!』

주말에 둘이서 보내지 못한 것에 대한 여파가 몰아쳤다!

그것도 꽤 거센 기세로!

“아니, 하지만 오늘 그 『활동』이…….”

“뭐, 뭔가요……, 문제가 있나요?”

애달픈 표정으로 이쪽을 보는 건 반칙이에요. 이제 항복.

나 역시 같이 보내고 싶고.

“그렇게 하시죠.”

“그리고 방과 후에는 다음 활동을 위한 준비물을 사러 갈 건데 같이 가주면 좋겠어요.”

“알겠습니다.”

“그럼 잘 부탁해♪”

단숨에 기분이 좋아진 히이라기쌤은 스르륵 책상 아래

에서 내 손을 잡았다.

내가 적당히 타이밍을 보아서 일어나려고 하는데 히이라기쌤은 의미 없는 이야기를 계속하면서 시간이 아슬아슬할 때까지 일방적으로 손을 잡고 놓아주지 않았다.

수업 종이 울리고서야 손을 놓아주면서 히이라기쌤은 자꾸 내 주머니에 무언가를 밀어 넣었다.

서둘러 교실로 돌아와 주머니에 손을 넣어보니 쪽지가 들어있었다.

『점심시간에 옥상으로 와줘.』

옥상? 거기 뭐가 있었나?

"사나다, 뭔가 납득할 수 없다는 표정이구나. 혼났냐? 어이, 혼난 거지? 히이라기 쌤에게 미움받았어?"

우선은 엄청 즐거워하며 물어보는 후지모토의 어깨에 온 힘을 다해 펀치를 날렸다.

"으헛……, 너의 왼손이라면 제패할지도 모르겠구나, 세계를……."

"시끄러워."

멍하니 의문을 품은 채로 수업을 몇 개인가 듣다 보니 점심시간을 맞았다.

사나에게는 오늘 볼일이 있어서 점심시간에 가정과실에 가지 않는다고 메일을 보내 두었다.

주위를 경계하면서 옥상으로 갔다.

문손잡이를 쥐고 덜컥 덜컥 열어보려고 했지만 생각했

던 대로 열쇠가 걸려 있었다.

내가 고개를 갸웃하고 있는데 불투명 유리 안쪽에서 사람 그림자가 비쳤다. 어딜 봐도 히이라기쌤의 실루엣이었다.

"암호를 대시오."

"암호?"

"그, 그래! ……사나다 세이지가 가장 좋아하는 사람은?"

"어? 그게 암호야?!"

붕붕, 그림자가 격렬하게 고개를 끄덕였다.

아니, 내가 도착한 걸 알면 암호는 필요 없잖아.

"그러니까…… 좋아하는 사람은 히이라기 하루카입니다."

"우후훗…… 모, 몰라앙……."

부끄러운지, 수줍어하는 건지 그림자가 몸을 배배 꼬았다.

그 말을 듣고 싶었던 거지!

"조, 좋아……."

철컹, 잠긴 문이 열려서 나는 겨우 옥상으로 나갈 수 있었다.

"정말 세이지군도 차아아암."

기다리고 있던 히이라기쌤이 포옥 안겨왔다.

"'차아아암'이 아니지. 말하게 만든 거나 마찬가지면서 뭐라는 거야."

"하지만 다른 사람이었으면 큰일이잖아."

"그건 그렇지만 어차피 아무도 안 오잖아."

아무것도 없는 옥상은 형식적으로 가장자리에 철제 울타리를 둘러쳐 놓았고 바닥은 휑한 콘크리트 바닥에 급수탑 정도가 있을 뿐이었다.

살풍경이라는 단어가 딱 어울리는 장소.

하지만 지금은 히이라기쌤이 가져온 듯한 돗자리와 도시락이 준비되어 있었다.

"관리하시는 분이 점검하러 올 때만 열쇠를 주거든, 그 때 외에는 열리지 않는 공간이란 말씀."

히이라기쌤이 『옥상』이라고 적힌 이름표가 달린 열쇠를 보여주었다.

"그런데 오늘은 왜 또 옥상이에요?"

됐어, 됐어 하고 내 손을 잡아끈 히이라기쌤은 아니나다를까 나에게 옥상에 깔린 돗자리 위에 가로로 누워 무릎베개를 베라며 권유했다.

날씨는 쾌청하고 새파란 하늘이 눈이 부셨다.

"바깥도 기분 좋지, 특히 옥상은."

히이라기쌤이 쓰담쓰담 내 머리를 쓰다듬으며 먹이 주기를 시작했다.

내가 돌아간 후에 어떻게 되었는지 물어보니

"마지막까지 사귀고 있는 건 이야기 안 했거든? 남자 친구가 있으면 매일매일 즐겁다는 이야기는 해주었어, 언니로서 말이지."

뿌듯해하는 히이라기 쌤도 귀엽다.

"키스하는 장면을 동생에게 대놓고 들켜 버렸네."

"마, 말하지마앗."

하지만 그대로 나츠미가 나타나지 않았으면 나는 소파로 밀려서 쓰러졌을지도 모른다.

그 정도로 히이라기쌤은 나와 만나는 날을 기대하고 있었다.

"그치만 그치만, 세이지와 주말에 만나는 것만이 삶의 보람이야, 그 생각으로 매일매일 버티고 있단 말이야."

"그렇게까지?!"

아, 하지만 나에게도 그런 기억이 있었다.

평일에는 시간이 없어서 퇴근해서 밥 먹고, 자고 일어나서 일하러 가는 생활의 반복. 그러면 일도 재미가 없다.

……무얼 위해서 사는 걸까 하는 생각을 할 때가 많았다.

내가 있어서 히이라기쌤이 일도 열심히 할 수 있다면 그건 좋은 일이다.

"응, 삶의 보람은 중요한 일이지."

"그렇다니까——. 방해하는 존재가 나타날 때면, 아기 곰을 지키는 엄마 곰처럼 흉폭해진다니까."

"왜 하필 곰을 예시로 드는 거야."

"세이지는 삶의 보람이나 재미라고 할 만한 게 있어?"

"글쎄…… 선생님을 행복하게 만들기, 같은 거?"

선생님이 아니라 하루카잖아? 라는 말은 들리지 않았다.

그 대신 쪽 키스를 당했다.

마주 보고 쪽쪽, 이번에는 두 번 키스를 했다.

"겨, 결혼하자는 말이야……?"

얼굴을 빨갛게 물들이고 나를 똑바로 바라보는 히이라기쌤.

눈빛이 진지함 그 자체였다.

"비, 비슷하달까……."

"저, 정마아아아아알, 세이지는 금방 그런 소릴 한다니까아아아아아아아아아아아아아아."

콕콕, 콕콕콕콕콕콕콕.

쑥스러움을 감추려는 듯 히이라기쌤이 검지로 나를 빠르게 찔러댔다.

고속 찌르기까지는 괜찮은데 교복 위에 핀 포인트로 유두를 찌르는 건 그만둬.

"고등학교를 빨리 졸업해 주세요."

"열심히 하겠습니다."

"하지만 이미 충분히 행복하거든?"

"그럼 다행이고."

"………………팬티 보여줄까?"

"안 봐도 돼. 왜 갑자기 그렇게 되는 거야."

"그러면 세이지도 행복해질 것 같아서. 오늘 바지를 입긴 했지만 후크를 풀면 바로 보일걸."

"아니, 보고 싶지 않아서 괜찮아."

"아 그래, 그렇지. 지퍼 내리면 그쪽으로 엿볼 수 있는데?"

"엿보고 싶지도 않다니까!"

"세이지는 바지 입었을 때는 이런 패턴을 좋아하는 사람이구나."

"그런 패턴이 뭔데!"

"금방 발끈해서 받아치는 세이지 귀여워."

어떤 부분에서 좋아하는 거야.

결국.

슬쩍 엿보았더니, 검정색이었다.

이런 식으로 우리는 달콤한 점심시간을 보냈다.

40화 • 앞으로의 일

밤.

나는 히이라기쌤의 집에 들어가서 주인이 돌아오기를 기다렸다.

변함없이 방은 깨끗하고 부엌에 설거짓거리도 남아 있지 않은 완벽한 상태였다.

"다녀왔습니다-?"

"아, 어서 와."

"오늘은 별일이네, 평일인데 무슨 일 있어?"

거실에서 히이라기쌤이 겉옷을 벗고 소파에 앉았다.

"여동생인 나츠미 말인데."

"나츠미?"

이전에 타임리프가 일시적으로 해제되었을 때, 현대의 내가 히이라기쌤의 집에 인사하러 갔지만 그다지 반응이 좋지 않았던 것 같았다.

조건으로 연봉 1천만 엔이라고 들었던 것 같은데, 그게 그냥 하는 말인지 나와의 교제를 반대하는 것인지는 알 수 없었다.

"어느 정도 서로 알고 지내는 것도 좋을 것 같아서."

"어째서?"

"나와 히이라기쌤의 교제를 인정하는 가족이 있으면

나중에 여러모로 부드럽게 이야기가 진행되지 않을까 싶어서."

"나츠미에게 우리가 사귄다고 알려주게?"

"으으응, 지금 사귀고 있는 걸 들켜서 좋을 건 없어, 아직 같은 학교의 학생과 선생님 사이니까. 우선 가족에게 나의 좋은 인상을 심어주면 나중에 '우리 사귀어요!' '그렇구나, 사나다라면 안심하고 언니를 맡길 수 있어!'라고 흘러가지 않을까 싶어서."

"흠흠, 과연."

한참 끄덕이더니 히이라기쌤이 나를 뚫어지게 바라보았다.

"어? 왜?"

"……맞는 말이라고 생각은 하지만 고등학생이 말하기엔 꽤 어른스러운 생각이네."

나는 그저 이전에 현대로 돌아갔을 때 발견한 플래그를 꺾어두고 싶을 뿐.

여동생이 나나 우리의 관계를 인정한다면 적잖이 도움을 받을 수 있을 것이다.

현대의 나는 히이라기쌤의 아버지와 만난 것 같았지만, 지금의 나는 아직 아버님을 만난 적이 없다.

아직 고등학생인 이상 아버님께 인사하러 갈 수는 없으니, 지금 내가 할 수 있는 건 약한 부분을 공략할 뿐이다.

"어른스러운 생각이라기보다는… 하루카와의 미래를 진

지하게 생각하는 거야."

"정말?"

"응, 정말로. ……왜?"

그치만, 하면서 히이라기쌤이 입술을 깨물며 소파를 만지작거렸다.

"나츠미가 신경이 쓰여서, 그래서 그러는 게 아닌가, 선생님은 경계하고 있어요."

눈이 마주치자 히이라기쌤은 흥하고 외면했다.

"신경 쓰이긴, 전혀 관심 없어! 왜 한 번 만난 여자애를 신경쓰지 않으면 안 되는 거야!"

"하지만…… 나츠미 쪽이 나이도 비슷하고…… 사이도 좋았잖아……?"

빙글, 히이라기쌤이 등을 돌렸다.

토라졌어……?

"잘 대해줬던 건 나나 우리 사이를 인정해 줄 가족이 필요하니까 그렇지."

"그건 그냥 구실이 아닐까, 그렇게 생각했단 말이얌!"

'말이얌'이라니 그런 애같은 말투를.

"나츠미는 정말 좋은 아이야. 운동도 잘하고 발랄하고 말도 잘하고, 나이도 세이지보다 한 살 많아서 차이도 별로 안 나고……."

"나이 차이가 별로 안 나는 사람이 좋은 거였으면 같은 반 여학생들 아무나 다 좋아하게?"

히이라기쌤은 나이 차이를 꽤 신경 쓰는 것 같다.

"내가 고등학생일 때 세이지를 만났으면 좋았을 텐데. 같이 하교하고, 방과 후에 놀러가기도 하고, 서로 집에 가서 시험공부도 하고, 여름에는 유카타 입고 여름 축제도 가고……."

아무래도 정말로 콤플렉스를 느끼는 것 같다.

나는 그런 생각을 해본 적이 없지만 히이라기쌤은 다른 것 같았다.

"이래 봬도 나 꽤 불안하거든."

등을 돌리고 내 쪽을 전혀 보지 않은 채

"어느 순간 휙 마음이 바뀌는 게 아닐까 하고……."

사회인과 고등학생은 그만큼 사는 세계가 다르다.

나는 둘 다 경험해 보아서 이해가 갔다.

같은 일을 반복하는 사회인의 생활과 비교하면 고등학교 생활은 굉장히 자극적이다.

가치관이 다른 것도 당연하다.

괜찮다고 말해도 불안은 쉽게 수그러들지 않을 것이다. 어떻게 하면 좋을까.

뒤에서 감싸 안아 주었다.

"……읏."

움찔, 어깨가 움직이고 움찔움찔하는 것이 느껴졌다.

"불안한 건 나도 마찬가진데?"

"그, 그런 거야……?"

"응. 교무실에서 하루카에게 이상한 벌레가 꼬이지는 않나, 엄-청 걱정해. 회식 자리 분위기도 나는 잘 모르니까."

"괜찮아! 안심해! 나 남자 선생님들에겐 쌀쌀맞으니까!"

"말은 그렇게 하지만, 하루카 인기 있을 거 같은데."

"전혀 안 그런데? 그건 세이지도 마찬가지고."

"아니아니, 난 완전 인기 없어."

우리는 엄청난 여친 팔불출, 남친 팔불출인 것 같다.

응응, 하루카는 고개를 끄덕이더니 "걱정하지 마, 세이지!" 하고 말했다.

"어? 뭔데? 뭐 이상해?"

"으으응, 내 마음 알겠지? '괜찮아, 안심해, 걱정하지 마' 라고 나야말로 말하고 싶다고."

"아……, 그렇구나……."

"서로를 믿자는 게 첫 번째."

"그렇네."

자, 하고 히이라기쌤이 새끼손가락을 내밀어서 나도 새끼손가락을 걸었다.

"바-람, 피웠다-간, 식칼로 푹푹푹♪, 손가락 걸고 약속♪"

무, 무서워어어어어어어어?!

발랄하게 무슨 노래를 하는 거야.

"뭐 바람은 피우지 않을 거니까 상관없지만. ……하지만 왜 갑자기 그런 말을 하는 거야?"

“세이지가 나츠미랑 사이좋게 지내겠다고 하니까 그렇지…….”

“아, 알았다. 삐진 게 아니라 질투하는 거지?”

“아, 아니거든. 여동생한테 질투하는 거 아니라구.”

내 팔에서 벗어나려고 필사적이었다.

이 반응은, 분명히 그런 거네.

왠지 부끄러워하고.

“솔직하게 말해 봐.”

“……질투했어.”

갑자기 솔직하게 구는 히이라기쌤, 귀엽다…….

“걱정할 만하잖아. 불안할 만하잖아, 그래서 질투하게 되는걸! 그, 그래서-그만큼 소중하고 좋아한단 말이야!”

크흑…….

귀가 빨개진 채 그런 말 하지 말아줘…….

하지만 한 번 더 말해줬으면 좋겠다…….

“세이지는?”

“동의합니다.”

“제대로 말로 해줘야지…….”

“걱정하거나 불안해지는 건 상대를 그만큼 소중하게 생각하기 때문이니까…… 그래서, 하루카를 많이 좋아합니다…….”

중간부터 부끄러워져서 존댓말을 하고 말았다.

히이라기쌤은 가슴을 누르며 몸을 둥글게 말고 있었다.

"크흑……, 사인은 세이지에게 심쿵사."
"아직 살아있네."
닮은꼴인 우리는 여전히 팔불출 커플이었다.

41화 • 회담 1

아무래도 히이라기쌤이 여동생인 나츠미에게 나에 대해서 알려준 것 같았다.

물론 남자 친구라고 말한 건 아니고, '학교에서 마주쳐서 그 뒤로 친하게 지내고 있다'는 식으로.

"나츠미는 '흐음-' 하는 반응이었지만 세이지가 어떤 사람인지 신경 쓰는 것 같았어."

"신경 써? 나를? ……역시 의심하는 거 아냐……?"

"그, 그럴지도……. 그런데 만약 들키게 되면 내가 최선을 다해서 설득할 테니까 안심해."

장래의 아군을 만들기 위해 주변부터 공략하기 작전에 히이라기쌤도 협조적이었다.

"……그냥, 한 번 더 만나서 이야기를 해보고 싶대."

그야말로 나에 대해 더 잘 알려줄 좋은 기회다.

그리고 주말, 히이라기쌤 집에서 모이기로 했기에 나는 자전거를 달려 그리로 향했다.

"냐-? 냐, 냐, 냐-?"

거의 도착할 때쯤, 나츠미가 길고양이를 상대로 고양이 소리를 내고 있었다.

웅냐아, 고양이가 울더니 타박타박 걸어갔다.

"아, 아직 시간도 여유도 있으니까…… 조금만……."

나츠미는 주위를 확인하고 고양이를 쫓아갔다.

뭘 하는 거야. 이제 곧 만나서 대화하기로 해놓고.

……재미있어 보여서 나도 따라가 보았다.

어차피 나츠미가 오지 않으면 서로 이야기 나눌 수도 없으니.

자전거를 세워두고 발소리를 죽여 따라갔다.

나츠미가 쫓아간 길고양이는 잡초투성이 공터로 향했다. 나는 그늘에 숨어서 상황을 살피기로 했다.

"냐-냐? 냐냐냐?"

……진심이다. 진심으로 고양이와 대화하려고 하고 있다.

"이렇게 되면——."

뚝, 근처에 있는 강아지풀을 뜯어서 고양이의 주의를 끌려고 하고 있다.

살랑살랑, 살랑살랑.

"이건 어떠냐. 먀아-? 먀먀먀."

열심히 고양이어(웃음)로 바꿔 말하고 있어.

푸우, -큽 큭큭.

고양이와 놀아주려고 하는 건데, 전혀 상대해 주지 않으니까 거꾸로 고양이에게 놀아달라고 애원하는 사람처럼 되었다!

게다가 고양이는 강아지풀을 한 번 보더니 경계심을 드러내며 거리를 벌렸다.

……휴대폰으로 동영상 찍어야지.

"고양이 씨? 여기여기~"

털썩, 가로로 누운 고양이가 등을 돌렸다.

"앗……."

잠깐 서운해하던 마츠미가 반대편으로 돌아갔다.

"먀아– 먀아? 먀먀먀?"

나왔다! 고양이어(웃음)!

'냐아' 든 '먀아'든 무리라니까.

어, 어쩌지. 너무 웃겨서 배가 아프다…….

게다가 고양이가 전혀 상대해 주지도 않고.

"냐–앙? 냐."

'냐'로 바꿨어?!

강아지풀은 포기하고 고양이 손처럼 오므리고 고양이 같은 움직임을 하고 있는 나츠미.

"냐–옹."

무릎을 꿇고 억지로 고양이의 눈앞에서 작게 손을 움직인다.

어이어이.

설마 싶지만 저건 아예 고양이가 되어버린 거 아님……?

"후냐아–"

나츠미가 몸을 뻗으면서 고양이가 자주 하는 기지개 포

즈를 취했다.

트, 틀림없어어어어어어어어어어어! 저 애 고양이인 척 하고 있어어어어어어!

보는 사람이 없다고는 해도 부끄러움 제로냐, 완전 고양이 그 자체가 되었어어어어어어어!

지금 바로 앞으로 나서서

『오랜만이에요 나츠미, 뭐하고 있어요?』

라고 말하고 싶어어어어어어어어어!

하지만 좀 더 상황을 지켜보자.

재미있으니까.

고양이가 벌떡 일어나서 이동하기 시작했다. 고양이가 되어버린 나츠미도 네발로 고양이의 뒤를 쫓았다.

"냐냐-"

아니 따라가지 말라고, 얼마나 고양이랑 친해지고 싶은 거야.

도도도도, 고양이가 이쪽으로 와버렸다.

"냐, 냐냐냐-앙!"

당연히 뒤를 쫓아오던 고양이 나츠미도 이쪽으로 와버렸다.

자리를 뜨려고 해도 이미 늦어서, 고양이가 옆을 지나가고 바로 고양이 나츠미가 나타났다.

"냐냐? 냐-앙, 냐………………—앗?!"

풉-큭큭! 엄청 놀랐어!

"아, 안녕. 오랜만이에요."

푸푸, 푸후흡…… 안돼, 웃음이 멈추지 않는다.

화아아악, 얼굴이 새빨개진 나츠미가 벌떡 일어났다.

"그, 그렇네. 오, 오랜만. ……오늘 날씨가 좋지?"

"응 그렇네요. 고양이가 되기에 딱 좋은 날씨죠."

"봐, 봐, 봐봐봐봐, 봤어?! 어, 어디서부터?"

"고양이어를 구사하면서 고양이한테 놀아 달라고 할 때부터요."

"처음부터 다 봤잖아!"

"아— 깜짝 놀랐네요. 고양이 그 자체가 되려고 하기에."

"말을 걸라고오오오오오."

"그거 동영상 찍어놨는데 볼래요?"

"하지마아아아아아아아아아. 부탁이니까 지워……가 아니라 지워 주세요, 부탁드려요……."

구경거리로 삼아 비웃을 생각은 없기 때문에 나는 바로 동영상을 지웠다.

"선생님도 나츠미가 고양이가 될 거라고는 생각 못하겠죠."

"하, 하루짱에겐 말하지 마!"

"아니, 하지만 그 정도로 완성도 높은 고양이 흉내라면 꼭 봐야할 것 같은데. 극단에 들어가도 되겠어요."

푸흐흡.

밤에 생각나면 아침까지도 웃겠다.

"정말 잘못했어요오오오오오. 하루짱에겐 아무 말도 하지 말아주세요오오오오오."

고양이로 놀린 게 좀 심했나보다. 나츠미가 반쯤 울먹거렸다.

"미안, 농담이었어요. 선생님 집으로 가죠."

내가 자전거를 끌면서 걸어가자 나츠미가 나란히 따라왔다.

"그 후로 하루짱이랑 친해졌다고 들었는데 사실이야?"

"네. 선생님과는 그날 이후 가끔 마주치다 보니 이런저런 이야기를 나누게 되어서요."

딱딱하게 존댓말을 할 생각은 없는 듯 나츠미가 '그렇구나' 하고 답했다.

"하루짱이랑 전부터 알던 사이는 아니고? 혹은 그날까지 하루짱이 몰랐을 뿐이지 너는 하루짱에 대해서 알고 있었다던가."

역시 날카롭군.

물론 그 말대로다.

내가 '그렇지 않아요' 하고 답하자 나츠미가 애매하게 고개를 끄덕였다.

"나는 여학교를 다니고 있지만."

나츠미는 그렇게 말을 시작했다. 같은 현내에 여학교라면 한 군데밖에 없다.

"거기에도 남자 선생님이 계시는데, 다들 엄청 인기가

있거든? 굉장하지 않아?"

그게 뭐야, 대단하네—.

"내가 듣기로는…… 선생님과 몰래 사귀는 애들이 여럿 있는 거 같아."

"허, 허어……. 아니 선생님이 학생과 사귀면 안 된다고 생각하는데."

라고 자기 일은 짐짓 모른 체하기로 한다. 뭐, 일반론이 항상 정답인 건 아니니까.

으으음…… 하지만 여고는 다른 학교보다 폐쇄적이라는 이미지가 있으니까, 그런 일이 자주 일어나는 게 일반적인지도 모르겠다.

"응. 나도 그렇게 생각해. 하지만 여자가 누군가를 좋아할 때 생기는 힘이라는 게 엄청나거든."

"그, 그래……."

부끄러움을 감추려는지 나츠미의 뺨이 빨개졌다.

"좀 부끄러운 이야기를 했네. ……여자가 『여성성』을 띠는 기간은 한정되어 있다고 해. 보건 시간에 배웠는데."

그 말은, 그건가? 시간이 지나면 아이를 낳을 수 없게 되니까?

생식능력에 관해서라면 남자는 의외로 나이가 들어도 괜찮다고 하니까.

"그래서 남자에 비해서 여자가 누군가를 좋아할 때 생기는 힘이 강한 거야."

나츠미가 쑥스러움을 감추려는 듯 내 어깨를 두드렸다.

역시 나와 히이라기쌤의 관계를 이미 알고 있는 거 아닌가?

다만 괜히 성급하게 굴어서 '사귀고 있습니다' '뜨아-?!' 라는 상황은 피하고 싶다.

현내의 여고라면 편차치가 높은 명문 고교로 명문 집안 아가씨들도 다니는 듯했다.

여기서 거리도 멀다.

"대부분 온실 속의 화초나 마찬가지니까 사랑이니 연애 같은데 굶주려 있어. 머뭇거리는 것처럼 보여도 의외로 다들 적극적이랄까."

선생과 학생의 사랑에 의외로 너그럽네.

그래서 살짝 물어보았다.

"만약 언니…… 선생님이 그러면 어쩔 거야? 좋아하는 마음을 포기할 수 없어서 사귀어선 안 되는 사람이랑 사귀고 있으면-."

우-응, 하늘을 보면서 고민하는 나츠미.

그러더니 불쑥 말했다.

"하루짱이 행복하다면 그걸로 됐어. ……하루짱을 맡겨도 괜찮을 만한 사람이라면, 나는 그 사랑을 응원하겠어."

"나이 차이가 난다고 해도?"

"나이 때문에 좋아하는 게 아니잖아."

지당한 말씀.

나는 선생님이나, 연상이라는 이유로 그녀를 좋아하는 게 아니다.

첫 만남에 그런 장면을 보여 버렸지만, 이야기해보니 나츠미가 굉장히 좋은 아이라는 걸 알 수 있었다.

42화 • 회담 2

둘이 같이 히이라기쌤 집으로 돌아가, 집안에 들어갔다.

“하루짱네 집은 여전히 깨끗하네.”

“여자아이니까 깔끔하게 하고 있어야지, 나츠미의 방은 여전히 어질러져 있겠지.”

“그렇지 않아! 살짝 어지른 것뿐이야.”

사이좋은 자매의 대화를 들으면서 흐뭇하게 듣고 있으니 히이라기쌤이 나에게는 커피를 나츠미에게는 홍차를 내주었다.

나츠미가 왔다 갔다 하는 히이라기쌤을 지그시 바라보고 있다.

우우웅……, 의심하는 건 아니지만 뭔가 걸린다는 느낌인가.

“나츠미가 나와 만나고 싶어 했다고 들었는데…….”

“응응 그랬지. 방금 있었던 일 때문에 여러모로 잊고 있었지만.”

그 길고양이 사건 말인가.

“내가 알기로 하루짱이 사이좋게 지낸 남자는 너밖에 없거든, 그래서 어떤 남자인지 신경이 쓰였어.”

“에에엣-? 그, 그렇지 않은데?”

히이라기쌤이 부정하자 나츠미가 단호히 고개를 저었다.

"그렇거든, 왜냐하면 일부러 나에게 사이가 좋아졌다고 보고하는 건 이번이 처음이니까. 어떤 사람인지 신경 쓰이는 게 당연하잖아."

'그랬나' 하면서 히이라기쌤이 고개를 갸웃했다.

나는 나츠미에게 다시 한번 히이라기쌤과 마주치게 된 계기를 설명했다.

"그 일 이후로 학교에서 마주칠 때마다 서로 인사도 하고…… 그러다 보니 히이라기 선생님이 내가 활동하는 부서의 고문 선생님을 맡으면서 서로 마음을 터놓게 되었다고 할까."

후음, 나츠미는 홍차 컵을 컵 받침째로 무릎 위에 올리더니 우아한 모습으로 잔을 입에 댔다.

아가씨 학교에 다니고 있어서인지 자세에 기품이 있었다.

저런 매너는 수업시간에 배우는 건가. 정작 본인은 털털한데.

"하루짱, 고문 선생님도 하고 있어?"

"맞아, 굉장하지?"

"어차피 의욕 없이 받은 귀가부 같이 활동하는 부서지?"

""……""

정곡을 찔려서 히이라기쌤과 나는 입을 다물었다.

그러고 보니 최근 활동다운 활동은 전혀 하지 않았다…….

뭘 먹거나, 게임을 하거나, 히이라기쌤이 와서 일하다 있었던 푸념을 듣거나……그뿐이었다.

가정과부라는 이름의 귀가부가 되어있었다.

"맞췄지? -학교에서 하루짱은 어떤 선생님이야?"

"정말 그런 거 묻지 마…… 엄청 잘하고 있거든!"

"됐으니까 가만있어 봐. 나도 알고 싶단 말이야."

……옛날에 고3 부모님 면담 때 이런 광경을 본 것 같아.

"히이라기 선생님은 활발하고 명랑해서 남녀 모두 잘 따르는 좋은 선생님이야."

"그런 인사치레 말고, 난 네 생각이 어떤지 알고 싶어."

흘깃, 히이라기쌤이 나를 보았다.

『알고 싶어!! 어떻게 생각하는지 알려줘!!』라는 두근두근하는 얼굴이었다.

어떻게 말하면 좋지.

혹시라도 사실대로 말했다가 나와 히이라기쌤의 관계를 의심받을지도 모른다.

하지만 인사치레로 적당히 말했다가는 묘하게 머리가 좋은 나츠미가 납득하지 않을 수도 있다.

"내가 볼 때는 가끔 맹한 구석도 있지만 언제나 열심히 하고…… 그 때문에 가끔 주변을 못 보기도 하지만, 다들 그걸 알고 있으니까 다가가기 편하거든. 뭐라고 할까, 사랑받는 캐릭터? 그런 선생님."

글썽글썽, 글썽글썽, 히이라기쌤이 감동받아서 울먹이고 있었다.

"하루짱, 뭘 울고 있어."

"아직 안 울었거든……."

나츠미가 건네준 손수건을 받아든 히이라기쌤이 눈가를 훔쳤다.

"……꽤나 잘 알고 있네?"

"내가 보는 히이라기 선생님이 그렇다는 거지, 다른 애들이 어떻게 생각하는지는 몰라."

나츠미가 컵과 컵 받침을 테이블 위에 올리고는 나를 똑바로 바라보았다.

다리를 가지런히 모아 오른쪽으로 내리더니 기품있게 무릎 위에 손을 올리고 있다.

……왜, 왜 그러지? 그렇게 뚫어져라 쳐다보면 부끄러운데. 나츠미는 똑바로 앉으면 앉아있는 모습도 기품있구나.

"전에 여기서 오코노미야키 먹을 때부터 생각했는데, 오늘 확신했어-."

두근.

뭐, 뭘 확신했는데……?

"하루짱은 널 좋아해."

"후냐앗?! 가, 가, 갑자기 무슨 소리를 하는 거야, 나츠미이이이~!"

히이라기쌤이 나츠미의 어깨를 힘껏 잡고 흔들흔들 흔들었다.

"세이……사나다가 깜짝 놀라잖아-?!"

"절대 부정 안 하네."

"우갸……."

맞는 말이니까 말이지…….

말싸움은 언니보다 동생이 더 우위에 있나보다.

"그래서, 그날은 어수선해서 제대로 못 봤거든. 하루짱이 좋아하는 사람은 어떤 사람인가 싶어서 오늘 보자고 한 거야."

"벼, 벼, 별로 좋아하는 거 아니니까! 착각하지 말아줘."

거짓말 엄청 못하잖아?!

츤데레가 『좋아해』 라고 말할 때랑 똑같은 대사거든!

감추려다가 오히려 더 들키는 건 무슨 일이야.

"저, 정말, 나츠미도…………차, 차암……."

흘깃, 흘기잇.

부끄러워하면서 슬쩍 이쪽을 보는 거 그만 둬. 그러니까 자꾸 들키지.

"너도…… 하루짱이 싫지는 않지?"

"그야, 응, 그렇지."

"몇 번이나 말하지만, 하루짱이 그렇게 즐거워하고, 헤어지자마자 금방 침울해하는 사람은 네가 처음이야. 저번에 너에 대해 물었을 때 자랑하는 듯한 말투로 너에 대해서 알려 주더라…… 너를 정말 좋아하는 거야, 분명히."

"저, 정마아아아아아알, 하지마아아아아아아."

꺄-, 얼굴을 빨갛게 물들인 히이라기 쌤이 쿠션으로 나츠미를 퍽퍽 때렸다.

“에잇!”

“아웃.”

손쉽게 쿠션을 빼앗긴 히이라기쌤.

“조용히 좀 해줄래, 지금 내가 말하고 있잖아.”

“……네에.”

언니, 약해.

그런데 나츠미는 무슨 말을 하고 싶은 걸까?

히이라기쌤의 마음을 부정하기보다는 오히려 응원하는 흐름인데?

“이래 봬도 나는 하루짱을 걱정하고 있었거든. 벌써 스물넷이나 되었는데 남자의 ㄴ자도 보이지 않으니까.”

“나이는 신경 쓰지 마, 나이는.”

히이라기쌤이 쿠션을 다시 뺏어오려다 손쉽게 저지당했다.

“우으…….”

“오늘 만나서 이야기해 본 느낌으로, 너는 어리지만 침착한 편이라 보송보송한 하루짱을 맡길 수 있다고 생각해. 이상한 남자였으면 반대하겠지만…….”

그거야 뭐, 그렇겠지.

나츠미는 나를 품평한 뒤에 하루짱을 이 이상 없을 정도로 강하게 지지해 주었다.

“나에게라면 선생님을 맡길 수 있다는 뜻이야?”

“네가 괜찮다면, 말야.”

"하지만 나 고등학교 2학년 학생인데?"

"방금 말했잖아. 맡길만한 사람이 상대라면 하루짱의 사랑을 응원하겠다고. 사랑에 나이는 관계없잖아?"

응응 하고 히이라기쌤이 현자라도 되는 양 고개를 끄덕였다.

당신 이야기하는 중이거든?

역시 나츠미는 조건이 아니라 사람됨을 보는 것 같다.

내가 고등학생이고 히이라기쌤이 선생님이라는 부분보다는 사나다 세이지와 히이라기 하루카라는 인간을 보는 것이다.

정말 제대로 된 아이다.

그렇다면…… 플랜B로.

『이미 들켰거나, 혹은 들켜도 괜찮은 상황이라면 우리 관계를 밝히죠.』

『응, 알았어 나츠미는 잘 말하면 납득할 거라고 생각하니까 그때는 분명 괜찮을 거야.』

라는 것이 플랜B다. 오늘 일이 있기 전에 사전에 맞춰둔 것 중 하나였다.

히이라기쌤과 눈이 마주쳐 나는 고개를 끄덕였다.

"하루짱, 이런 타이밍은 거의 없으니까 말해버려! 안 되면 위로해 줄게. 그리고 빈집털이 군도 아주 마음이 없는 것도 아닌 것 같은데 뭐."

"저기, 나츠미──."

히이라기쌤의 말을 가로채 내가 말했다.

"나츠미, 나와 선생님은 사귀고 있어."

"어?"

멍하니 눈을 크게 뜬 나츠미가 확인하려는 듯 히이라기쌤을 바라보았다.

"응, 사실이야."

히이라기쌤이 말하면서 내 옆으로 다가왔다.

나츠미는 굉장히 당황하면서 말했다.

"뭐? 어, 언제부터?"

"4월 중순부터, 대략 3개월 정도."

"그럼, 저번의 빈집털이 소동은……."

"미안. 그건 내가 적당히 꾸며낸 거짓말이었어."

"뭐야아……, 그런 건 알려줘야지……."

"반대할지도 모른다고 생각하니까 아무래도 말하기가 어려웠어……, 하지만 이번에 세이지가 괜찮을 것 같으면 말하자고 해서."

뚝뚝 나츠미가 울기 시작했다.

"반대할 리가 없잖아…… 응원하는데…… 그렇게 생각하는 게 더 슬퍼."

'미안' 하고 다시 사과한 히이라기쌤이 울고 있는 나츠미를 안더니 '그래그래' 하면서 머리를 쓰다듬었다.

"사귀는 거 아닌가, 백번 정도 생각했었어. 오늘도 홍차가 아니라 커피를, 그것도 설탕도 밀크도 안 넣고 블랙으로 내오질 않나. 게다가 빈집털이 군은 아무 불평도 안 하고……. 홍차보다는 커피를 그것도 블랙으로 마시는 사람이라는 걸 하루짱이 안다는 거잖아…… 하지만 혹시라도 깊은 사이라면 하루짱이 나에게 말해줬을 게 분명한데…… 어떻게 된 걸까 생각했어."

역시 탐정처럼 날카롭네…….

그래도 나츠미가 응원한다고 말해주니 일단 안심된다.

"잘 됐네……! 하루짱 잘됐어, 축하……해."

나츠미는 눈물범벅이 된 얼굴로 목이 메어가면서 축복해 주었다.

"거마어……어! 나츄미이, 으언해 져서 거마어어……."

히이라기쌤도다! 덩달아 울고 있어!! 어쩌다 보니 덩달아 우는 쪽이 더 펑펑 울고 있어.

이렇게 나와 히이라기쌤은 여동생인 나츠미에게 우리 사이를 밝혔다.

43화 • 회담 3

둘이 울음을 그친 후 히이라기쌤이 차려준 점심을 먹었다.

"빈집털이 군은 하루짱을 좋아해?"

후식으로 차를 마시고 있는데 돌직구 질문이 날아왔다.

좀 전에 부엌에 틀어박힌 히이라기쌤이 당황해서 돌아왔다.

"어, 어흠. ……어, 어디가 좋은 걸까나……? 그러고 보니 요즘은 들어본 적이 없네."

히이라기쌤은 이런 이야기는 언제든지 꼭 옆에서 듣고 싶어 한다. 직접 말해주면 10초도 안 걸려서 얼굴을 빨갛게 하고 도망가면서.

"하루짱은 집안일은 잘하지만 좀 어리버리한 구석이 있어. 여동생 입장에서 보기에 외모는 꽤 귀엽다고 생각해."

"요리를 잘하는 점?"

"그렇다는데 하루짱."

"응 주말에는 언제나 점심과 저녁을 만들어 주거든. 도시락도 가끔 싸주고!"

"그밖에는 또 뭐가 있는데? 밝힌다던가?"

"뭐? 밝히지 않아! 서, 선을 지키면서 사귀고 있어."

우우웅…… 무방비할 때가 있으니까, 가끔 술 취했을 때라던가. 그때는 좀 섹시하긴 한데…….

눈앞에서 옷을 벗거나, 브래지어를 홀랑 벗거나, 어른스런 키스를 하거나.

"가끔은 섹시할지도……."

"역시 하루짱 밝히는 구나……."

나츠미는 흥미진진해 했다.

"그런 일 없어! 선생님을 야한 눈으로 보지 마세요!"

"어, 어, 어떤 식으로 섹시한데……?"

"팬티를 보여주거나."

"우와! 엄청 야하잖아!!"

"그, 그건 저번에-, 그건 세이지가 미니스커트를 좋아하는 줄 알고 입었던 것뿐이고, 팬티를 보여주려고 입은 거 아니거든! 오해하지 마!"

마지막에 그런 말을 덧붙이면 사실은 보여주려고 입었다고 하는 거나 마찬가지니까.

다른데서 그런 말 할 때는 조심해 주면 좋겠다.

"아아, 그리고 또……."

"더 있어?!"

"몰라아아앙, 싫어어어어어! 설거지하고 올게에에에에에에에."

어린애같이 말하면서 히이라기쌤이 부엌으로 도망쳤다.

쿡쿡 나츠미가 웃었다.

"하루짱 굉장히 행복해 보여."

"그러면 좋겠네."

"확실히 그래. 선생님이 되고 나서 여러모로 힘들었던 것 같았거든. 나는 전화로 가끔 이야기를 듣는 정도였지만 역시 그때는 내가 알던 하루짱보다 어두웠어."

1년차 회사원들이 대체로 그렇지.

으어 힘들어–. 일 힘들어– 하는 시기다.

"……그래서, 솔직히 어떤 부분이 좋았던 거야? 설마 선생님이라서 좋다는 말은 하지 않겠지."

"외모도 그렇지만, 성격적으로 귀여운 부분."

나츠미는 음음, 하고 끄덕이면서 '그리고?'라며 다음 말을 재촉했다.

"처음에는 학생과 선생님 사이이니까 표면적인 부분만 보였는데, 사귀어 보니 점점 더 그게 잘 보인다고나 할까, 알면 알수록 더 귀여운 부분을 발견하게 돼."

"듣고 있는 이쪽이 더 부끄러워."

힘껏 몸을 뒤로 젖힌 나츠미가 부엌을 향해 말했다.

"하루짱 어차피 지금 말한 거 듣고 있지?"

"모, 못 들었어!"

"중요한 부분에서 물소리가 전혀 안 들리던데? 설거지 한다면서 이상하지 않아?"

"그러니까 못 들었다니까! 나 전혀 귀엽지 않으니까!"

""거짓말 어설퍼.""

히이라기쌤이 상황을 살피려고 이쪽을 엿보았다.

"애초에 세이지는 이탈리아 남자처럼 자연스럽게 칭찬

해대니까, 마음을 놓을 수 없어.”

“아, 나도 느꼈어, 아메리카인인가 싶더라.”

“아니, 이탈리아인이라니까.”

“아메리카인이라고.”

일본인이다.

“그런데, 이렇게 거짓말을 못 하는데 학교에서는 괜찮아? 음, 학교에서는 둘이서 만나지 않기로 한다던가?”

““둘이서 잘만 만나는데.””

“그래도 역시 학교에서 스킨십하지는 않을 거 아냐?”

““잘만 하는…….””

“뭘 하는 거야?”

나츠미가 정색하고 화를 냈다.

“나, 나츠미 상상해 봐! 좋아하는 사람이 학교에 있는데 방과 후 인적이 없는 곳에서 둘만 있는다면-? 정말 한시도 떨어져 있고 싶지 않겠지?!”

“으, 엄청 부담 주네. 나, 나는 그런 거 모르니까, 경험도 없고!”

“일을 끝내고 집에 가서 ‘뭐하고 있어?’ 하고 전화하고, ‘잘 잤어?’ 하고 아침 인사 문자를 주고받으면 행복한 기분으로 하루를 시작할 수 있다구!”

“““으, 응…….”””

“수업 시간표도 파악하고 있으니까 지금쯤 세이지는 수업 중에 졸고 있겠네 하면서 상상해 보거나 담당하고 있는 세계사 수업시간을 어어어~엄청 기대하기도 하고, 체육 시간의 머어어어엇진 모습을 구경하러 가기도 하고-"

히이라기쌤이 애인이 있는 즐거움을 역설하자 나츠미가 눈썹을 찌푸렸다.

"하루짱은 설마 위험한 사람……?"

"아니, 그렇지는……."

우리는 소곤소곤 이야기를 시작했다.

"열정이 장난 아닌데? 이건 삶의 보람을 거는 오타쿠 레벨이라서 위험하다고. 괜찮아? 속박당하는 거 아니지?"

"아, 응. 아직까진 괜찮아."

"연인 사이면 스토커 짓을 해도 괜찮다는 거야?"

"글쎄, 어느 정도까지는?"

"게다가 하루짱 시간은 괜찮나? 일은 제대로 하고 있는 걸까?"

"이전에 체육관에 훔쳐보러 왔다가 들켜서 체육 선생님한테 혼났어."

"우와앗…… 본인도 선생님인데……."

"세이지랑 시시덕대지 마."

피융, 둥그렇게 말린 앞치마가 날아와서 내 얼굴에 명중했다.

"그런 거 아니야. 하루짱, 좋아하는 남친이 생겨서 물불 못 가리고 이성을 잃은 건 알겠는데 할 일을 제대로 안 하면 안 되잖아!"

"으갸…… 하, 하고 있어, 그치 세이지."

"아니…… 어떠려나……."

"조금은 편 들어 줘야지."

하아, 나츠미가 한숨을 쉬었다.

"하루짱이 빈집털이 군을 얼마나 좋아하는지 알았으니까 됐어. 빈집털이 군이 엄청 좋은가 봐."

"어, 알겠어?"

"세이지 거기서는 부정해주라."

뭐 방금 그건 농담이지만.

역시 내가 좀 더 다잡아야겠어. 이대로는 점점 심해질 뿐이니까…….

나 역시 히이라기쌤을 선생님으로서도 좋아하고, 여자 친구로서도 물론 좋아한다.

하지만 안 좋은 일이 생길 경우, 히이라기쌤이 책임을 지는 형태가 되고 만다.

좀 더 잘 사귈 수 있는 방법을 생각해야 하는지도 모르겠다.

"방해꾼은 슬슬 사라져 줄게."

이히히 웃더니 나츠미가 일어났다.

아직 갈 생각이 없었던 나와 히이라기쌤이 현관까지 배웅을 나갔다.

"두 사람이 사랑에 푹 빠져서 행복하다는 걸 알았어."

흘깃 나츠미가 시선을 아래로 내렸다.

어느새 히이라기쌤이 내 손을 잡고 있다.

'그럼' 하고 나츠미가 돌아갔다.

후유, 우리 두 사람은 동시에 어깨에서 힘을 뺐다.

"나츠미는 좋은 아이네."

"그치? 자랑스러운 여동생이야."

한때는 어쩌나 싶었지만, 우리는 나츠미에게 우리 사이를 인정받게 되었다.

44화 • 청소 당번

"사나다 미안!! 뒤를 부탁한다!"

"미안, 부 활동에 늦으면 안 돼서!"

등등 우리 반 남녀 4명이 이런저런 이유를 대고 방과 후가 되자 돌아가 버렸다.

청소 당번에서 빠지고 싶었던 듯, 전부 여섯 명이 있어야 하는데 한 명은 어디로 갔는지도 알 수 없었다.

뭐 멋대로 가버린 거겠지.

아무리 그래도 혼자서 교실을 청소하는 건 너무 힘들다.

적당히 슬슬 해치우고 나도 가버릴까.

"사나다 혼자 있네-?"

발랄한 목소리가 들리고 히이라기쌤이 교실에 나타났다.

"응, 보는 대로죠."

"착실하게 열심히 하고 있네."

"……방과 후에는 교무실에서 일하는 거 아니었어요?"

"그런 귀염성 없는 소리 하는 거 아니야. 사나다가 혼자 남은 게 보여서 쓸쓸할까 봐 온 거야."

'열심히 하고 있네'라고 선수를 쳐버리니, 이젠 땡땡이를 치려고 해도 그럴 수가 없다.

할 수 없다. 열심히 청소해 볼까.

히이라기쌤은 도울 생각은 없어 보였다. 가져온 노트북

을 교탁에 올려놓고 일을 하고 있었다.

"미안, 급한 일이 좀 있어서. 사실은 도와주고 싶은데."

"아뇨, 괜찮습니다."

책상을 옮기고 빗자루로 슥슥 바닥을 쓸어 나간다.

말이 없는 히이라기쌤이 신기해서 슬쩍 보니 노트북에 뭔가를 타닥타닥 입력하고 있었다.

일에 열중하는 분위기.

우응― 이나, 으음 같은 소리를 내면서 고난에 빠진 표정으로 작업을 하고 있는 히이라기쌤.

"청소하는 소리가 시끄럽지 않아요?"

"으으응, 신경 쓰지 마. 약간 소음이 있는 편이 딱 좋아."

그렇다는 듯 하다.

"교무실은 어쩌고저쩌고 이야기하는 소리도 들리고 학생들도 오기 때문에 의외로 시끄럽거든."

이야기하면서도 손은 멈추지 않았다.

방과 후의 조용한 시간.

멀리서 취주악부의 연주 소리가 작게 들려온다.

불규칙하게 키보드를 누르는 소리가 거기에 섞여든다.

저녁 해가 복도 쪽에서 교실 안으로 새어 들어와 교실을 붉게 물들였다.

일에 집중하는 히이라기쌤은 내가 거의 보지 못했던 표정으로 화면과 눈싸움을 하고 있었다.

나는 수업할 때의 히이라기쌤과 연인으로서의 히이라기

쌤 밖에 모르기 때문에 이런 모습은 신선하게 느껴졌다.

"뭐니, 세이……사나다, 지그시 이쪽을 보고."

"아니 그냥, 이런 것도 좋구나 싶어서요."

"뭐가?"

"열심히 일하는 선생님의 모습."

"……괘, 괜히 띄우지 마."

히이라기쌤이 화면 너머로 숨었다.

나와 히이라기쌤이 정한 기본적인 규칙은 밀실이라면 연인 모드 오케이, 그 외에는 선생님과 학생 모드로 있기였다.

어디서 누가 보거나, 누가 듣고 있을지 모르기 때문이다.

교실은 2층에 있지만 교무실에서 보이지 않는다는 보장도 없다.

그런 이유로 지금은 선생님과 학생 모드.

"……바, 반해 버렸어?"

뾰잉, 고개를 내민 히이라기쌤은 나와 눈이 마주치자마자 다시 화면을 방패로 숨어 버렸다.

"반해 버렸다고 하면 선생님은 어쩌시려고요."

"…………나도…… 조…… 안 돼요, 선생님은."

히이라기쌤이 어른스러운 말투로 나에게 훈계하듯 말했다.

"왜요?"

"그야, 이미 남자 친구가 있으니까."

살짝 눈을 올려 뜨고 나를 바라본다.

"그렇구나, 아쉽네요."

나는 이미 알고 있었지만, 마치 실망한 듯 어깨를 추욱 떨구었다.

"응, 미안. 포기해 주렴. ……정말로 좋아하니까."

키보드를 누르는 소리가 멈춘 걸 보니, 내 반응을 기다리고 있는 듯 했다.

"어떻게 좋아하는데요?"

"그건 청소를 다하면 알려줄게."

교실 뒤쪽의 청소를 마친 후, 이번에는 앞쪽의 청소를 시작했다.

조금 얼굴이 빨개진 히이라기쌤이 다시 일에 집중하기 시작했다.

방해하고 싶지 않아서 나도 얼른 청소를 끝내기 위해서 열심히 움직였다.

"사나다는 어떤 사람을 좋아하니?"

"……저요? 새삼스럽게 물어보시면 곤란한데……."

"곤란해?"

생각했던 대답이 아니었는지 히이라기쌤이 입술을 삐죽 내밀었다.

"요리 잘하는 사람."

"응응, 그리고?"

"열심히 하는데 가끔 맹한 구석이 있어서, 그게 귀여운 사람.”

“맹한 구석 없는데…….”

“제가 좋아하는 사람 이야기잖아요, 선생님.”

“그, 그랬지.”

맹하다는 자각은 없나 보다.

“선생님은 어떤 사람이 좋아요?”

“청소 다 하면 가르쳐 줄게.”

구석구석까지는 아니더라도 대강 청소를 끝내고 뒤쪽으로 몰아놓았던 책상과 의자를 제 위치로 가져다 놓았다.

“선생님 청소 다했어요. 이제 알려주세요.”

“그렇네……커튼을 치고 문을 닫으면 알려줄게.”

후후후, 뭘 생각하는지 알 것 같아서 그만 웃음이 나왔다.

“뭐가 재미있니?”

불만스러운 듯한 물음에 나는 고개를 저었다.

청소 당번은 마지막에 문단속을 해야 하기 때문에 나는 창문을 닫아걸고 커튼을 쳤다.

아직 안에 우리가 있긴 하지만 복도 쪽 문에도 열쇠를 잠갔다.

저녁놀이 문 쪽의 작은 창문으로만 새어 들어오면서 교실 안이 어둑어둑해졌다.

복도 쪽 창가에 선 히이라기쌤이 내 목에 팔을 둘렀다.

“일은?”

“사실은 이미 끝냈어, 처음부터 일 같은 건 없었어.”

"그럼, 타닥타닥 입력하고 있던 건?"

"타이핑 게임."

"일부러 교실까지 와서 뭘 하는 거야."

"교무실에서 세이지가 보여서 몰래 보러 온 거야. 와보니까 혼자 있어서, 그만."

"그래서 지금까지 내 청소가 끝나길 기다린 거네."

"그렇단 말씀♪."

장난치는 듯한 눈초리로 히이라기쌤이 입가를 누그러뜨렸다.

"그래서…… 아까 그다음 말, 가르쳐 줄까?"

"그럼, 가르쳐 주세요."

내 어깨에 손을 올린 히이라기쌤이 까치발을 들었다.

시선이 같은 높이가 되자 다가오던 그녀의 입술과 내 입술이 부드럽게 닿았다.

허리 근처를 감싸 안고 그 뒤로 세 번 더 키스를 했다.

서로의 얼굴이 눈동자에 비칠 정도로 가까운 거리가 쑥스러워 웃었다.

"……정말로 많이 좋아해."

내가 무언가 말하기도 전에 다시 키스를 조른다.

턱을 올린 채 입술을 가볍게 내밀고 눈을 감고 있다.

이번에는 기다려 자세.

……왠지 귀여워서 계속 키스를 조르는 얼굴을 보고 있었다.

"? ……………………??"

결국 기다리다 지친 히이라기쌤이 눈을 떴다.

"잠깐, 왜 보고만 있는 거야. 알잖아, 방금. 흐름을 보면 좋은 분위기였는데!"

투닥투닥 나를 때리면서 불평을 쏟아냈다.

"아, 정말 세이지는 그럴 때가 있다니까. 눈치 없는 척을 하면서 사람을 살살 놀린다니까–."

화난 얼굴로 나를 보다가 올라간 눈썹을 누그러뜨렸다.

"그러니까…… 애태우지 마……?"

나의 여신님이 너무 귀여워서 이번에는 제대로 이쪽에서 키스를 했다.

두 번, 세 번 계속 되려고 할 때쯤 몸을 뗐다.

"왜 그래?"

"일, 사실은 남아있지?"

"어떻게 아는 거야……?"

"하루카가 타이핑 게임 때문에 그렇게 복잡한 표정을 지을 리 없으니까."

히이라기쌤이 낼름 살짝 혀를 내밀었다.

"들켰네. ……사실은 세이지 성분을 보충하러 온 거야."

"일, 열심히 해."

"네."

마지막에 쪽 하고 뺨에 뽀뽀 당했다.

빙글 기쁜 듯이 돌아선 히이라기쌤이 노트북을 챙겼다.

문을 열고 밖으로 나가서, 우리는 선생님과 학생으로 되돌아간다.

"그럼 선생님 내일 뵈어요."

"응 잘 가."

나는 혼자 남아 청소하는 것도 나쁘지만은 않다고 생각했다.

45화 • 술자리는 아웃? 세이프?

『세이지, 있잖아……』

미안하다는 듯 히이라기쌤이 운을 떼었다.

『이번 주 토요일은 술자리가 있어서……』

"아아, 그래?"

특별히 '이거다'하고 둘만의 예정을 잡아놓은 것은 아니었다.

나와 뒹굴뒹굴하며 보내는 주말이 이어지고 있기에 가끔 술자리에 나가는 것 정도는 오케이다.

회사원이 되고 나면 의외로 친구 사이가 벌어지기 쉽다.

히이라기쌤의 친구가 줄어들 만한 일은 가능하면 하고 싶지 않은 것이 내 본심이다.

'잘 다녀와'라는 말을 입에 올리려던 찰나, 나는 히이라기쌤이 미안해하던 이유를 알게 되었다

『쉽게 말하면 다른 학교 선생님들과 함께 하는 술자리라서, 모르는 남자들도 몇 명인가 참석하는 자리인 것 같아.』

"헤, 헤에……."

전화라서 다행이었다.

그렇지 않으면 지금 내가 동요하는 모습이 엄청나게 티가 날 테니까.

『항상 신세 지고 있는 선생님이 '토요일에 약속 없으면

꼭 나와 줘!'하고 저번 주부터 계속 부탁을 해서……. 여러 번 거절하긴 했는데……, 부탁받기 전에 토요일에 약속이 없다고 말해버린 탓도 있어서…….』

내 개인적인 욕심 같아서는 가지 말라고 하고 싶다.

하지만 신세 지고 있는 선생님이라는 말은 직장 선배라는 거겠지.

사회인에게 직장에서의 인간관계가 중요하다는 것쯤 뼈에 사무치도록 잘 알고 있다.

혹시라도 이 일이 발단이 되어 히이라기쌤의 직장 내 인간관계가 나빠지기라도 한다면, 내가 도와줄 수 있는 방법은 없을 것이다.

어떤 의미로는 나도 직장에 있는 인간이긴 하지만 내가 교무실에서 일을 하는 사람은 아니니까 말이다.

지금은 사나다 세이지의 큰 배포를 보여줄 때다.

일단 알맹이는 히이라기쌤보다 연상이니까, 사소한 불평은 하지 말자.

"응, 알았어. 재미있게 다녀 와."

『……그래? 거기 오는 사람들은 다 아는 선생님들이니까 안심하고 있어?』

"……그렇게까지 걱정하지 않으니까, 괜찮아."

거짓말이에요오오오오오!

엄청 걱정하고 있어요오오오오오오!

이게 만남을 목적으로 하는 미팅이라면 나도 확실하게

가지 말라고 하겠지.

하지만 서로 알고 지내자는 목적의 술자리라면 나오는 사람들도 다 같은 일을 하는 사람들이고, 넓게 보면 업계의 정보를 교환하는 자리라고도 할 수 있다.

『오는 건, 늦어도 10시까지는 돌아올 테니까.』

"신경 쓰지 말고 재미있게 놀다 와."

이렇게 마음에도 없는 소리를 술술 할 때면 '역시 나는 알맹이가 어른이구나'라고 실감한다.

폭우가 쏟아져서 모임이 취소되지 않으려나 멍하니 생각했지만, 그런 나를 비웃기라도 하듯이 당일 날씨는 아주 맑았다.

점심 지나서 쯤 히이라기쌤 집에 놀러갔던 나는 가볍~게 긴장하고 있는 히이라기쌤을 격려하고 있었다.

"어떡하지……시, 실수하지 않고 잘할 수 있을까? 친하지 않은 사람들과의 술자리가 굉장히 오랜만이라서……."

"민폐 끼치지만 않으면 괜찮아. 실수했다 싶으면 바로 사과하면 되고."

"그, 그런가……."

"사람이란 면전에서 사과하면 의외로 쉽게 받아주는 법이야. 그리고 술자리니까 다들 그렇게 까다롭게 굴지는 않을 거야."

히이라기쌤이 나를 이상하다는 눈으로 빤히 보고 있다.

"왜, 왜?"

"세이지는 술자리에 많이 가봤지?"

아마 히이라기쌤보다 많이 가봤겠지.

"그, 그럴 리가 없잖아."

"그렇겠지-. 아니, 말하는 게 굉장히 요점을 찔러서 그만, '변함없이 의지가 되는구나' 생각했어."

생긋, 여신님 스마일.

그러고 나서 약속 시간이 다가오자 히이라기쌤은 나갈 준비를 시작했다.

내가 '귀엽다', '잘 어울려'라고 했던 사복을 입고 있었다. 으으음, 뭔가 마음이 복잡하네.

게다가 펴, 평소보다 약간 화장에 기합이 들어갔다고 할까…….

평소엔 조금 더 연하게 하고 있었던 거 같은데……?

이건 술자리에 가지 않았으면 하는 나의 원망하는 마음이 현실을 왜곡하는 것일까.

"화, 화장에 힘줬네?"

"어? 평소에도 이렇게 하는데?"

어리둥절해 하는 히이라기쌤의 대답을 믿기로 했다.

과연 그 말을 듣고 보니 평소와 비슷한 거 같은, 기분이, 안 드는 것도 아니다.

일단은 옷을 칭찬했다.

히이라기쌤은 현관문 앞까지 배웅을 나간 나에게 쪽 키스를 했다.

"지겨워지면 집에 가도 괜찮아."

"응. 그때는 문 잠그고 갈게."

'그럼' 하고 히이라기쌤이 가 버렸다.

무심히 TV를 보다 보니 심심해졌다.

시간은 여섯시 반을 지나고 있었다.

지금쯤이면 건배한 후에 왁자지껄 떠들기 시작하겠지.

『히이라기 선생님은 지금 남자친구 없으신가요-?』

『아아, 그게 지금은 없어요…….』

이런 이야기를…… 하고 있겠지…….

오늘만큼은 남친이 있다는 설정을 하면…… 아아, 하지만 같은 학교 선생님도 있으니까.

아아- 정말 싫다아아아아.

한순간 나도 따라갈까 하는 생각이 들었다. 나이라도 비슷했으면 술집에 몰래 들어갈 수 있었겠지만 고등학생이 혼자서 몰래 숨어 들어가는 건 아무래도 너무 수상하다.

보호자도 아니고 히이라기쌤을 믿고 기다리기로 했지만, 마음이 영 개운치 않다.

히이라기쌤 집에서 저녁을 먹을 생각도, 집에 가서 먹을 생각도 들지 않아서 근처 라면집에서 저녁을 때웠다.

찰칵, 라면의 사진을 찍어서 메일을 보냈다.

하지만 답신은 오지 않았다.

응응, 나의 히이라기쌤은 장소를 가릴 줄 아는 예의 바른 레이디다.

술자리에서 휴대 전화를 만지작거리는 눈치 없는 행동은 하지 않는 사람이다.

그 후에도 지금 보는 버라이어티쇼가 재미가 있니 없니, 그다지 재미있지도 않았으면서 메일에 적어 보냈다.

술이 들어가서 남친 자랑이라도 하고 있으면 좋겠지만.

아니 선배 선생님이 있으니까 안 좋으려나?

남자들에게서 히이라기쌤을 지키기 위한 방어와 우리 관계를 들키지 않기 위한 방어가, 오늘은 상반되고 있는 듯 하다.

시간이 밤 여덟 시 반을 지난다.

무얼 하지도 않으면서 뒹굴뒹굴하고 있자니 현관에서 무슨 소리가 들려왔다.

"다녀왔어."

"아, 어서 와. 일찍 왔네."

"응."

잠시 피곤한 미소를 짓더니 히이라기쌤이 나를 껴안았다.

그래그래, 나는 히이라기쌤의 등을 쓸어 주었다.

"술자리는 어땠어? 재미있었어?"

"으으응, 전혀."

후, 나는 가슴을 쓸어내렸다.

"세이지가 없으면 하나도 재미없어."

"그래. 그것참 안타까운 친목 모임이었네."

어라……? 말투도 멀쩡하고 일하고 돌아왔을 때와 별로 다르지 않은 분위기다.

"술 안 마셨어?"

"잘 못 마시니까 사양하겠습니다, 하고 건배할 때부터 우롱차만 마셨어."

아아, 있지 있어, 그런 사람.

나를 꼭 안으면서 히이라기쌤이 절절하게 말했다.

"……하아 ……진정 된다."

"술집은 시끄럽기도 하고, 오늘은 잘 모르는 사람들이랑 이야기하느라 힘들었지-."

"으으응, 그것도 그렇지만 세이지의 여기가."

통통, 히이라기쌤이 가볍게 내 가슴팍을 두드렸다.

"제일 안정돼."

"지금부터 여기서, 둘이서만 2차를 하려고 하는데 어때?"

"……참가할게."

작게 웃는 히이라기쌤과 키스를 했다.

"그럼 술을 더 사와야겠네!"

"냉장고에 네 병 정도 있던데."

"오늘은 충분하지 않아♪"

얼마나 마실 생각이야.

"슈퍼 닫기 전에 빨리빨리!"

기운이 돌아온 히이라기쌤과 나는 가까운 슈퍼까지 손을 잡고 걸어갔다.

46화 • 술자리는 아웃? 세이프? Side. 히이라기 하루카

◆ 히이라기 하루카 ◆

"히이라기 선생님 부탁이야!"

마츠나가 선생님에게 부탁을 받는 것이 이걸로 여덟 번째다.

평소부터 신세를 지고 있는 나로선 아주 사소한 술자리라도 거절하기 어렵다…….

뭐랄까 '평소에도 이것저것 도와주고 있으니까 술자리쯤은 같이 어울려도 괜찮잖아'라는 느낌이 있어서 좀 싫은데…….

'그거랑 이거는 이야기가 다르지 않나요?'라고 생각하지만 도움을 받고 있는 건 분명하니까…….

마츠나가 선생님이 맡은 과목은 현대사라서 나와는 다르지만 같은 여자 교사로서 존경하는 부분도 많다.

"토요일인데, 전에 약속은 없다고 했었죠? 그럼 괜찮잖아요."

'약속이 있어서요' 하고 항상 거절하고 있었지만, 이번 주에는 약속이 없다고 미리 이야기했더니 이렇게 되고 말았다.

"호, 혹시 저 말고 누가 또 오시나요?"

내가 물어보자, 관심이 있다고 착각한 마츠나가 선생님이 이런저런 이야기를 해주었다.

"니시 고교와 부속 고교의 선생님들이에요. 젊은 선생님들만 오니까 이야기도 잘 통할 거예요. 세계사 과목을 가르치는 선생님도 분명히 오실 거예요."

흠흠, 그렇다면 조금 흥미가 당기기도 하고.

"근처 고등학교에 다니고 있는 젊은 선생님들의 친목 모임이니까 그렇게 걱정할 것 없어요. 아마 대부분 연수에서 만난 적 있는 선생님들일 거고."

"여 선생님들만 오시죠……?"

"아니, 몇 명인가 남자 선생님들도 있었을 거야. 히이라기 선생님 아직 남자친구 없으면 좋은 만남이 있을지도 몰라요……!"

흐-음. 그런 건 아무래도 상관없는데.

오히려 마츠나가 선생님이야 말로 그게 목적이신 거 같고…….

독신이고, 분명 나이가 서른 두, 셋이었던 거 같은데.

젊은가? 하고 생각했지만 말하면 전쟁이 일어날 것 같아서 아무 말도 하지 않기로 했다.

동년배 선생님은 나 외에도 두 명 더 있었지만, 그날은 다들 약속이 있어 오지 못한다고 했다.

결국 나는 거절하지 못하고 술자리에 참가하기로 했다.

그날 밤 바로 세이지에게 말했다.

“세이지, 있잖아…… 이번 주 토요일은 술자리가 있어서…….”

『아아, 그래?』

평소처럼 무심한 대답이었다.

“쉽게 말하면 다른 학교 선생님들과 함께 하는 술자리라서, 모르는 남자들도 몇 명인가 참석하는 자리인 것 같아.”

『헤, 헤에…….』

남자가 나온다구, 세이지.

혹시 여기서 ‘절대로 안 돼. 토요일은 나랑 같이 보내’라고 말하면 나는 무슨 수를 써서라도 세이지와 같이 있을 생각입니다.

그런데 ‘헤에’라니…….

싫지 않은 거야? 남자들이 나오는 술자리에 여자 친구가 가는데.

“항상 신세 지고 있는 선생님이 ‘토요일에 약속 없으면 꼭 나와 줘!’하고 저번 주부터 계속 부탁을 해서…….”

‘가고 싶어서 가는 거 아니거든?’ 하고 설명을 덧붙여 본다.

분위기에 들떠서 즐거워하면 말릴 생각이 없어질지도 모른다.

하지만 어쩔~ 수 없이, 일의 연장으로 맞춰 주기 위해서, 억지로 억지로 참가하는 거니까.

싫으면 ‘토요일은 같이 있자’ 나 ‘싫으면 가지 마’ 하고 말리면 되는데—.

『응, 알았어. 재미있게 다녀와.』

우웅.

“……그래? 거기 오는 사람들은 다 아는 선생님들이니까 안심하고 있어?”

같은 일을 하는 남자들이 온다니까-? 걱정되지 않아?

『……그렇게까지 걱정하지 않으니까, 괜찮아.』

우웅.

“오는 건, 늦어도 10시까지는 돌아올 테니까.”

『신경 쓰지 말고 재미있게 놀다 와.』

어디 사는 어떤 놈이 추파를 던져올지 모르는데…… ‘걱정하지 않으니까 괜찮아, 재미있게 놀다 와’……라니 믿어주는 건 고맙지만 왠지 섭섭해…….

세이지는 질투도 하지 않는 거야-?

이렇게 되면 질투하게 만들고 말겠어.

당일 세이지와 시간이 될 때까지 기다린 후 준비를 시작했다.

침실에서 좋아하는 옷으로 갈아입는다.

슬쩍 문이 열리더니 화장을 하고 있는 나를 세이지가 훔쳐보고 있었다.

평소보다 조금 공들여 화장을 하자

“화, 화장에 힘줬네.”

아, 알아봤어! 조금 기쁘다.

“어? 평소에도 이렇게 하는데?”

하지만 이게 아니지.

질투를 하는 기색은 없고 흐음~ 하는 느낌으로 물러났다.

입고 있는 옷도 세이지가 이전에 '귀여워'라고 말했던 옷인데.

다른 남자가 나오는 장소에 이 옷을 입고 간다니까―?

하지만 이에 관해서는 노터치. 어쩌면 못 알아본 건지도 모른다.

"지겨워지면 집에 가도 괜찮아."

"응. 그때는 문 잠그고 갈게."

'그럼' 하고 나는 세이지를 우리 집에 남기고 모임 장소로 향했다.

술을 마실지도 몰라서 자전거로 가까운 역까지 간 다음 거기에서 네 정거장 정도 떨어진 번화가로 나갔다.

약속 시간이 되기도 전에 대부분의 사람들이 모여서 가볍게 인사를 나눴다.

과연, 그렇게 이야기를 나눠보지는 않았지만 얼굴을 아는 선생님들이 대부분이라 살짝 안심했다.

생각보다 남성의 비율이 높아서 결과적으로는 5:5의 비율이 되었다.

다들 나름대로 꾸미고 나와서 겉보기에는 평범한 단체 미팅처럼 보였다.

마츠나가 선생님과 마찬가지로 친목 모임이라고는 하지

만 미팅을 목적으로 온 사람도 많아 보였다.

가게로 들어가서 건배를 했다.

우롱차로 건배를 했더니 근처에 앉은 남자 선생님이 '술은 안 드세요?' 하고 물어왔다.

좀 전에 자기소개를 들었는데 이름이 기억나지 않았다.

세이지에게 들어서 알게 된 거지만, 나는 술을 마시면 술주정을 하는 모양이어서 민폐를 끼치지 않도록 밖에서는 가능하면 마시지 않으려 하고 있었다.

"네에, 뭐어…… 오늘은 사양하려고요."

"모처럼 오셨는데 마시지 그러세요――."

"아니 정말로 괜찮아요……."

그렇게 말하고 겨우 피했다.

분위기 깨는 사람이라고 생각했겠지――.

근처에 있는 사람들과 이야기를 했는데 화제는 대부분 일에 대한 푸념이나 선생들끼리만 공감되는 이야기였다.

재미있지는 않았지만 그렇다고 지루하지도 않아서 나는 요리를 깨작깨작 먹으면서 맞장구를 치며 웃거나 했다.

"히이라기 선생님 남자친구 있으시죠?"

"아, 있을 거 같아!"

마츠나가 선생님의 보는 눈이 있는 한 있다고 말할 수는 없지…….

"아, 지금은 없어요……."

그 후로도 일과 관련이 없는 이야기를 하거나, 듣게 되었다.

그게 싫어서 가방을 들고 화장실에 가서 전화기를 확인했다.

세이지에게서 메일이 와 있었다.

그것도 다섯 통이나.

처음엔 저녁으로 먹은 듯한 라멘 사진과 맛있었다는 코멘트.

다음은 가끔 둘이서 보곤 하던 버라이어티 방송의 시시한 내용.

그다음은 오늘 이제부터 티비에서 방영하는 영화에 대한 이야기.

그리고 나서는 한 마디가 적힌 메일이 이어졌다.

『혼자서 보니까 재미가 없네.』

『오늘은 10시까지 있을 거야? 너무 마시지 마.』

……지금 돌아갈래.

이미 정했어.

세이지를 만나고 싶어.

갈래. 건배 하고 나서 아직 한 시간 정도밖에 안 됐지만.

분위기 같은 거 이제 맞춰 주지 않을 거야.

아마 세이지가 집에서 기다리고 있을 테니까.

"죄송합니다. 좀 돌아가 봐야 할 일이 생겨서요. -아, 저, 애, 애완동물이 좀 큰일 생겨서-."

적당히 거짓말을 둘러대고 '거스름돈은 안 주셔도 돼요'

하면서 만 엔짜리 지폐를 두고 가게를 나왔다.

밖에서 내 방을 보니 불이 켜져 있었다.

“다녀왔어.”

내가 들어오는 소리를 들은 세이지가 현관까지 맞으러 나왔다.

“아, 어서 와. 일찍 왔네.”

“응.”

아무래도 도망치듯이 돌아왔다고는 말할 수 없었다.

“술자리는 어땠어? 재미있었어?”

“으으응, 전혀.”

속마음이 무심코 흘러나왔다.

“세이지가 없으면 하나도 재미없어.”

“그래. 그것참 안타까운 친목 모임이었네.”

입으로는 그렇게 말하면서 세이지는 미소 짓고 있었다.

안심하는 게 느껴져서 나도 기뻐졌다.

“술 안 마셨어?”

“잘 못 마시니까 사양하겠습니다, 하고 건배 할 때부터 우롱차만 마셨어.”

참을 수 없어져서 세이지를 껴안았다.

세이지 성분을 충전해 두어도 금방 바닥나버린다.

나는 연비가 나쁜 배터리인가보다.

질투하게 만드는 것도 이미 아무래도 좋아졌다.

안도하는 세이지의 미소를 보았으니까, 그걸로 만족.

아마도 둘 다 쓸쓸했던 게 아닐까.

세이지는 내가 술자리에 나갔을 때부터.

나는 술자리에 나가기 전까지.

등에 팔을 두른 채로 다른 쪽 손으로 세이지의 손을 잡았다.

다음에 무얼 할지 약속이라도 한 것처럼 키스를 했다.

떨어지기 힘든 것은 나뿐인가 생각했지만, 그렇지 않았던 것 같다.

"――오늘도, 내일도, 모레도, 계속 당신을 좋아합니다."

조금 더 긴 키스에 그 마음을 담았다.

47화 • 막대 과자 게임

"전에 하게 되면 어떻게 하지 생각했어."

저녁을 먹고 나서 디저트로 과자를 먹으면서 소파에서 사이좋게 티비를 보고 있는데 히이라기쌤이 느긋하게 그런 이야기를 꺼냈다.

"하게 되면 어떻게 하냐고? 뭐가?"

"이거, 이거."

히이라기쌤이 모아놓은 막대 과자를 흔들흔들 흔들었다.

가늘고 길쭉한 초콜릿이 코팅된 막대 모양 과자다.

"하아, 막대 과자가 뭐 어때서?"

"이전에 갔던 친목 모임이 거의 미팅 분위기였다는 말했었지?"

'응' 하고 나는 끄덕였다.

히이라기쌤은 이전 2차라고 이름 붙인 집에서의 술자리에 참석한 나에게 그날 있었던 친목 모임의 실태를 알려주었다.

"왕게임이나 뭐 그 비슷한 파렴치한 게임을 하게 되는 거 아닌가 조마조마했었어."

"중간에 빠져나왔지만 말이지."

"세이지가 쓸쓸해 하니까 그랬지."

우, 또 그 소리.

내가 보냈던 메일이 상당히 마음에 들었는지, 그 후로 히이라기쌤은 무슨 일만 있으면 그날 보낸 메일에 대한 이야기를 꺼냈다.

이야기를 한다기보다 그 일로 나를 놀리고 있다.

"그래서 막대 과자가 어쨌다고?"

"단체 미팅의 정석이라는 이미지잖아? 두 사람이 끝과 끝을 입에 물고 먹어나가는 게임."

아아 막대 과자 게임 말이지.

단체 미팅에서 그런 걸 하나……?

"단체 미팅이라기보다는 카바레식 클럽 같은데서 하는 거 아냐?"

"어, 지금 뭐라고 했어?"

"그러니까 단체 미팅에서는 그런 거 잘 안하지 않나 싶어서. 오히려 카바레식 클럽 같은데서나 할 법한——."

"어떻게 그런 걸 알고 있어?"

히이라기쌤의 눈빛이 진지했다.

"…………."

성대하게 자폭했다.

회사원일 때 두세 번 상사에게 이끌려 가본 적이 있었다, 라고 말하면 믿어주려나?

그럴 리 없겠지…….

"친척 형이 카바레식 클럽에 자주 다녔던 모양이야. 그래서 어떤지 들었던 적이 있어서…….”

“아, 뭐야아~. 깜짝 놀랐잖아! 세이지가 갔었던 건가 싶어서.”

짝, 히이라기쌤이 두 손을 맞대고 ‘납득했다 포즈’를 취했다.

나는 휴우 가슴을 쓸어내렸다.

친척 형 나이스. 누군지는 모르겠지만.

“그럴 리가 없잖아-, 난 미성년자인데-.”

“성인이 되어서도 가면 안 돼.”

히이라기쌤의 눈빛이 진지했다.

“네, 네에……. 여부가 있겠습니까…….”

히이라기쌤의 눈빛에 겁먹은 나는 돌쇠처럼 대답했다.

“그래서, 막대 과자 게임을 할지도 모른다는 생각에 하루카는 걱정했어?”

“응, 싫잖아, 아무 마음도 없는 남자가 상대니까.”

그건 나도 싫다. 상상하고 싶지 않아.

“그런 이유로♪”

쏘옥 히이라기쌤이 내 입에 막대 과자를 밀어 넣었다.

“우리도 해볼까?”

“아니, 괜찮은데-.”

“잠깐-, 제대로 물어봐봐.”

히이라기쌤이 즐거워하는 것 같아서 얌전히 말하는 대로 따르기로 했다.

애초에 저 게임, 승패를 어떻게 판가름하는 거야?

히이라기쌤도 다른 한쪽 끝을 물었다.

가까운 거리에 있는 히이라기쌤과 시선이 마주쳤다.

“”……읏.“”

부끄러워져서 둘다 눈을 피했다.

히이라기쌤이 마음을 다잡고 이쪽을 보면서 아작, 한 입 깨물며 전진했다.

“흐으—— 흐으응.”

아마도 ‘세이지의 순서야’ 같은 말을 한 것 같았다.

나도 부끄럽긴 했지만 와작 한입 베어 물었다.

얼굴의 거리가 한층 가까워졌다.

“”……읏.“”

부끄러워서 서로 눈을 피했다.

이거 그냥 키스하는 것보다 100배는 더 부끄러운데.

세상의 어른들은 이런 짓을 하고 있는 거야?

“읏.”

와삭와삭, 히이라기쌤이 깨물고, 나도 와작와작 먹었다.

와삭.

와삭.

둘 다 먹으면서 다시 거리가 가까워졌다.

어쩌지…… 굉장히 부끄러운데.

히이라기쌤의 얼굴도 빨갛다.

와삭와삭.

와삭
와삭
와삭
와삭

와삭와삭.

와사삭, 와사삭.

와삭, 와삭.

정말 서로 부끄러워 죽겠으면서 아닌 척 뻔뻔하게 나아가는 상황이었다.

그리고.

와삭와삭—쪽.

"후와아아아아아아아앙?! 쪽 해버렸어어어어어어어어엉."

"우와아아아아아아아아아, 쪽 당했어어어어어."

부끄러움이 폭발해서 일단 소리를 질렀다.

……차근차근 생각해보면 밥 먹기 전—— 히이라기쌤이 식사 준비를 하고 있을 때에도 부엌에서 몇 번이고 쪽쪽거렸다.

하지만 이건 달라…….

"막대 과자 게임은 부끄러운 게임이구나……."

"응 완전 동감."

"세이지…… 막대과자 아직 5개 남았는데……?"

"헤에. 그, 그랬어?"

아주 마음이 없지도 않은 듯한 나와 히이라기쌤.

'그럼 한 번 더 할까' 하고 누가 먼저 말을 꺼낼지 기다리는 상태가 잠시 이어졌다.

""………………….""

뭐지, 이, 말 꺼내는 사람이 지는 것 같은 분위기.

아마도 둘 다 나중에 『하고 싶다고 하기에 나는 맞춰준 것 뿐』 라는 방어 카드를 발동시키려는 생각이겠지.

히이라기쌤이 막대 과자 하나를 입에 물더니 와삭와삭 먹었다.

나를 힐끗 바라본다.

"뭐, 하루카가 하고 싶은 거라면 나도 괜찮은데."

"나도, 세이지가 하고 싶다고 하면 어울려 줄까?"

"아 그러고 보니 나 막대 과자 먹고 싶었는데."

"별일이네, 나도 먹고 싶었는데."

막대 과자 하나를 같이 먹기로 했다.

와삭와삭와삭……와사삭…….

와삭, 와삭, 와삭……와삭.

…………와삭.

와삭.

와삭와삭와삭.

와삭, 와삭, 와삭.

체온이 올라가고 얼굴 전체가 뜨거워지는 게 느껴졌다.

그건 히이라기쌤도 마찬가지겠지. 귀까지 빨개졌다.

와삭와삭와삭와삭-.

와삭. 쪽.

"와아아아아아아아아아아아아아. 쪽 해버렸어어어어어어어어어어어?!"

"후와아아아아아아아아아, 쪽 당했어어어어어어어어어?!"

하고 난리가 났다.

"""…………."""

'우리 뭐하는 거지' 하는 생각을 잠시 하면서 조금 냉정해 졌다.

"세이지도 이러니저러니 하면서 즐기고 있잖아. 이러니저러니 해도 하루카에게 키스하고 싶은 거잖아."

"아니, 하지만 지금 건 그거야. 한 입 먹었을 때 입술이 닿는 위치에 하루카가 있었던 거야, 쪽 하고 싶어서 그런 게 아니니까."

"그치만 방금은 세이지가 진 거네. 쪽 하고 싶다는 욕구에 진 세이지의 패배."

"그렇게 치면 하루카가 『와작』 횟수가 더 많잖아. 욕구에 졌다는 기준에 따르면 오히려 내가 이긴 거야."

"아니아니, 그렇지 않아요."

"아니아니아니."

"아니아니."

"아니아니……."

나잖아, 나야, 나잖아, 나야, 나잖아, 나야, 라고 하는 사이에――.

쪽.

얼굴이 가까워진 김에 키스를 했다.

"……이건 그렇게 부끄럽지 않지?"

"응, 그렇게까지는."

"뭐가 어떻게 다른지 다시 한번 시험해 볼래……?"

"일리 있어…… 나도 기꺼이 할게."

서로 막대 과자의 양끝을 물고 준비 완료.

와삭와삭와삭와삭와삭와삭와삭와삭와삭와삭와삭와삭와삭와삭와삭와삭와삭와삭와삭, 쪽.

""후와아아아아아아아아아아?!""

얼굴이 새빨개진 우리는 또다시 소란을 떨었다.

"……바, 방금은 하루카가 먼저 한 거니까."

"아니야. 세이지가 먼저 했어, 분명히 그랬어."

아, 하지만 왜 이렇게 부끄러운지 알아냈다.

"누, 누가 이긴 건지 잘 모르겠으면…… 다, 다시 한번 할 수밖에 없겠네……?"

"아마도 이건 그거 때문이지 않아?"

"후음?"

히이라기쌤은 이미 의욕에 가득 차서 과자를 물고 있었다.

"제트코스터가 위로 올라갈 때 덜컹덜컹덜컹 소리가 나는 거랑 같아, 간다, 간다, 도착했다! 하는 효과가 막대 과자 게임이랑 똑같지 않아?"

"모아서, 모아서, 콰앙- 하는 거?"

"응, 그런 거지."

간단하게 말하면 두근거리는 긴장감이 키스로 이어진다는 것.

막대 과자 게임에 몰입한 우리는 새로운 놀이를 알게 되었다.

48화 • 장마

본격적인 장마가 오더니 푹푹 찌는 날이 이어지기 시작했다.

오늘도 변함없이 기온이 높고 눅눅한 하루를 보냈다.

방과 후까지 버티고 있던 구름이 비를 뿌리기 시작해 나는 어찌할 바를 모르고 서 있었다.

일기예보에서 흐림이라고 하기에 우산을 가져오지 않았던 것이다.

"어쩌면 좋을까."

똑똑 지붕에서 떨어지는 빗방울을 보면서 혼잣말을 했다.

히이라기쌤은 비가 올 때면 자가용으로 출퇴근을 하니까 돌아가는 길에 태워줄지도 모르지만 일이 언제 끝날지 알 수 없다.

"오빠? 우산 깜빡했어?"

뒤돌아보니 사나가 있었다,

"깜빡했다기보다는 비가 안 올 줄 알고 안 가져 왔어."

"그래……."

바스락바스락 가방을 뒤지더니 토끼 무늬가 그려진 귀여운 접이식 우산을 꺼냈다.

초등학교 2학년 여학생의 소풍 준비물이냐.

"사나는 가방 속에 접이식 우산 하나 넣어 왔거든. 오빠가 제발 씌워달라고 하면 같이 써줄지도 모르는데?"

"제발 씌워달라고 부탁할 생각 없으니까 얼른 집에나 가라. 이러다 비 더 많이 올지도 모른다?"

"고, 고집부리는 거지, 오빠도 참. 그렇게 같이 쓰고 싶으면 솔직하게 말하면 될 텐데."

"잘 가라 사나. 나는 빗줄기가 좀 가늘어지면 갈 테니까."

"뭐, 어, 잠, 아니—……. 정말, 오빠 따위 비 맞아서 축축하게 젖어버려, 그리고 무사히 돌아오면 되겠네!"

무사히 오라고는 해주는구나.

흥 하고 콧방귀를 뀐 사나는 초등학교 2학년 여자애나 들고 다닐 법한 토끼 무늬 우산을 펼치고 성큼성큼 돌아가 버렸다.

그 우산, 서른이 가까운 아저씨는 쓸 수가 없단다, 동생아.

접이식 우산은 기본적으로 1인용이라서, 나와 같이 쓰면 너도 축축하게 젖게 되지 않니.

도서실에 가서 시간이라도 때워볼까.

빙글 돌아서 복도를 걸어가는데 서류를 겨드랑이에 낀 히이라기쌤이 맞은편에서 걸어오고 있었다.

"사나다 뭐하고 있니?"

"아아, 그냥 도서실에 가요."

"찾아볼 거라도 있어? 여전히 성실하구나."

생긋, 히이라기쌤이 선생님 스마일을 내보였다.

여자 친구로서 웃어 줄 때도 좋지만, 학교에서 보여주는 선생님 스마일은 또 약간 달라서 좋다.

"아니, 빗줄기가 꽤 굵어서 그칠 때까지 기다릴까 싶어서요."

"우산 안 가져 왔어? 뭐, 나도 그렇지만."

사나에게 한 것과 같은 설명을 하자 '응, 응' 하고 히이라기쌤이 납득했다.

왼팔에 찬 시계를 확인하는 히이라기쌤.

"아직 시간이 있으니까…… 잠깐만 기다려!"

피융, 달려서 떠나가 버린 히이라기쌤은 새까만 우산을 가지고 돌아왔다.

"이거 교무실에 항상 남아 있던 우산."

"아니 받을 수 없어요. 선생님 중에서도 우산이 없으신 분들이 계실 텐데요. 그리고 저는, 저기, 그렇게 집이 멀지도 않으니까 빗줄기가 약해지기를 기다릴게요."

"그래 그렇구나…… 그럼 선생님이 사나다를 집까지 데려다줄게."

"차로요?"

"아~니, 오늘은 자전거를 타고 왔거든. 그러니까 걸어서 데려다줄게."

히이라기쌤이 굉장히 즐거워하며 제안했다.

걸어서 데려다준다고? 하지만, 히이라기쌤도 우산은 안 가져 왔다고……. 그럼 지금 쓸 수 있는 우산은 하나.

"가자, 가자♪"

룰루랄라 하고 있다.

인적이 없는 뒷문에서 만나자고 해서 기다리고 있으니 검은 우산을 쓴 히이라기쌤이 나타났다.

"자자, 들어와. 둘이서 쓰기엔 좁을지도 모르지만."

"그래도 되려나……."

실례를 무릅쓰고 나는 히이라기쌤과 우산을 같이 쓰게 되었다,

굳이 뒷문에서 만나기로 한 것도 이걸 위해서였구나.

"사실 동경하고 있었어~ 좋아하는 사람이랑 우산을 같이 쓰는 거."

"초등학생 같아."

"엣?! 초등학생 같다고?!"

히이라기쌤이 정색하고 충격을 받았다.

"세, 세대 차이 인가…………?"

"고등학생 정도 되어서 그렇게 동경할 일은 아니지 않아?"

"그렇지 않아. 사나도 같이 쓰고 가자고 한 번 물어봤잖아".

"보고 있었구나…… 딱히 같이 쓰고 싶어서 물어보는 거 같지는 않았지만……."

어깨와 어깨가 닿을 정도로 가까운 거리에서 히이라기쌤이 얼굴을 가까이했다.

쪽, 내 뺨에 입술이 닿았다.

"어이, 집에 가는 길인데——."

"우산 때문에 안 보이니까 괜찮아. 사나도 이런 식으로

키스하려고 했던 건지도 몰라…….”

“안 한다니까, 남의 여동생을 어떻게 생각하는 거야.”

“중증의 브라더 콤플렉스.”

“…………..”

중증인지는 제쳐두고 브라더 콤플렉스 기미가 보이는 것은 부정할 수 없다.

“좋겠다-고 생각했는데 사나랑 같이 돌아가지 않더라고. 그래서 곤란해하는 세이지의 앞에 씩씩하게 하루카가 등장.”

그 모든 상황을 전부 보고 있었던 모양이다.

“과연, 그래서 우산을 같이 쓰고 나를 바래다주기로 한 거구나.”

“그렇게 멀지도 않으니까, 바래다준 다음에 바로 일하러 돌아갈 수 있고 말이지.”

툭툭 빗방울이 우산 위쪽에 기운차게 부딪히는 소리가 났다.

빗방울이 지면을 때리는 소리가 시끄러워서 말소리를 들으려고 할수록 자연스럽게 거리가 가까워졌다.

“세이지 어깨가 다 젖었어.”

스윽, 히이라기쌤이 내 쪽으로 우산을 기울였다.

“어? 아아, 이 정도는 괜찮아. 어차피 집에 가면 옷 갈아입을 텐데.”

“안 돼. 감기 걸려.”

억지를 부려 우산을 내 쪽으로 기울인다.

이렇게 되면 필연적으로 히이라기쌤 쪽에 우산이 닿지 않게 된다.

"하루카가 다 젖잖아."

"이 정도는 괜찮아."

"여자는 몸을 따뜻하게 해야지."

라고 누군가 말했었다. 왜 몸이 차면 안 좋은지는 잘 모르지만.

"그럼, 그러면 좀 더 붙을까?"

스르륵 히이라기쌤이 내 팔에 자기 팔을 감아 와서 팔짱을 끼고 걷는 모양새가 되었다.

우산을 쓰고 있어서 누구인지 안 보이기도 하고, 비가 와서 다니는 사람이 없으니 들키지는 않겠지.

"이렇게 하는 거, 거리에서 데이트 했을 때 이후로 처음이네."

"그랬었나?"

"그렇다-냐앗?! 물웅덩이 한가운데를 제대로 밟았어……, 발이 질척질척……."

후에-, 히이라기쌤이 입을 꼭 다물고 울상을 지었다.

같이 우산을 쓰고, 팔짱을 끼는 것까지 의도한 게 아닌가 생각했는데, 거기까지 계산하는 타입은 아닌 것 같았다.

비에 슬금슬금 젖는 데다 신발도 물웅덩이에 빠졌는데도 히이라기쌤은 즐거워 보였다.

"이렇게 좋아하는 사람이랑 같이 집에 가는 걸 꿈꿨었어. 한 번이라도 좋으니까 꼭 해보고 싶었어. 미안 너무 억지 부렸지."

"아, 아니. 우산이 없어서 곤란한 건 나인데다, 오히려 좀 잘 되지 않았어?"

그러고 보면 나는 히이라기쌤의 과거를 잘 모른다.

이전에 나츠미의 말을 들어보니 남자 친구는커녕 사이가 좋은 이성 친구조차 없었다는 듯한 말투였다.

"하루카는 학창 시절에 굉장히 인기 있었지 않아?"

"에엣? 인기 없어, 완전 인기 없었어."

"과연 그럴까……? 히이라기 선생님은 남자라면 누구나 동경하는 연상 누님의 포지션인데."

"헤에? 그런 거야? 그럼 그 모두가 동경하는 사람을 세이지가 몰래 빼앗은 거네."

"바로 그 말이지."

"하지만 좀 기쁜걸."

헤헤, 히이라기쌤이 작게 웃었다.

"내가 인기 있을 것처럼 보인다는 말은 내가 나를 어떻게 생각하는지는 제쳐두고, 세이지에게는 내가 매력적으로 보인다는 말이지?"

그치, 그치, 하고 히이라기쌤이 팔꿈치로 내 옆구리를 쿡쿡 찔렀다.

"안 그랬으면 좋아하지도 않지."

"-읏……, 세이지도 차아암, 이탈리아 남자같기이이인!"

그러니까 일본인입니다.

점점 집이 가까워지면서 히이라기쌤의 발걸음이 무거워졌다.

나와 떨어지고 싶지 않은지 팔짱을 낀 손에 약간 힘이 들어갔다.

"………….."

말수가 줄어서 슬쩍 옆얼굴을 살펴보니 쓸쓸한 듯 입술을 다물고 있었다.

"조금 옆길로 돌아갈까?"

"우우웅, 아니야. 나, 나 학교에 돌아가서 할 일이 있으니까."

라고 입으로 말하면서도 발걸음이 점점 가벼워졌다.

안색도 순식간에 밝아진 것이, 히이라기쌤은 참 알기쉽다.

어디로 가려는 것도 아니면서 근처를 걸어 다녔다.

다시 기운을 차린 히이라기쌤과 나는 아무래도 좋은 이야기를 이것저것 나누었다.

비가 내리는 날이면 우리들도 평범한 커플 같은 일을 할 수 있다.

"무슨 일 있어?"

나를 살펴보는 히이라기쌤에게 고개를 저었다.

"정말 아까부터 흠뻑 젖어서 발바닥이 퉁퉁 불었을 거

야…….”

“걱정 마.”

“이렇게 되면 얼마나 젖든 똑같네…….”

우후후 히이라기쌤이 웃으면서 물웅덩이에서 찰박찰박 뛰었다.

물보라가 이쪽으로 튄다.

“우왓?! ――애도 아니고!”

“아하하하.”

그저 같은 우산을 쓰고 집으로 돌아가는, 그뿐이지만 우리는 충분히 행복했다.

49화 • 도서실에서 시험공부

7월에 접어들어, 기말시험 기간에 돌입했다.

중간시험 때와 같이 열흘 정도 몇몇 부 활동을 제외하면 부 활동이 금지라서 '학생 여러분은 얌전히 집으로 돌아가서 공부를 합시다' 하는 시기였다.

이전에 타임리프가 일시적으로 해제되었을 때 나는 고등학교 선생님이 되어있었다, 나름의 수입은 있었던 모양이지만 그것만으로는 히이라기쌤의 아버지에게는 부족했던 듯하다.

하지만 나는 만나보지 못했기 때문에 그저 내가 싫어서 연봉 이야기를 꺼내 걸고넘어진 것인지도 모른다.

어쨌든 나는 히이라기쌤을 행복하게 해주기 위해서 공부를 열심히 하기로 했다.

방과 후 학교 독서실에 틀어박혀서 이것저것 공부를 시작했다.

"아~ 여기 교무실보다 시원하네~."

들으라는 듯 크게 말하면서 히이라기쌤이 도서실에 들어왔다.

노트북을 겨드랑이에 끼고 슬며~시 내가 보이는 자리에 앉았다.

'집중해서 공부할 거니까 방해하지 마'라고 못 박아둔 효과가 있는 건지, 아니면 전혀 듣지 않는 건지.

으으흠, 가볍게 헛기침을 하는 히이라기쌤.

"세계사 공부하는 학생이 있으면 가르쳐 줄 수도 있는데에……."

흘깃. 나를 슬쩍 보더니 타닥타닥 자판을 치고 있다.

으으흠 하고 나도 헛기침을 하면서 혼잣말을 했다.

"세계사는 외우면 되니까 여유지-. 그런 것 보다 수학B……."

"수학B……?! 아, 선생님은 그러고 보니 수학은 분수 언저리에서 포기했었지~, 가르쳐 주는 건 어려울지도-?"

아니, 가르쳐 달라고 말한 건 아니다.

그런데 분수라니, 수학이 아니라 산수잖아. 꽤나 빨리 포기했네…….

슬쩍슬쩍 히이라기쌤이 내 눈치를 살핀다.

방해하지 말라고 했기 때문에 자기가 나서서 말을 걸 생각은 없고, 어디까지나 내가 먼저 말을 걸게 만들 생각인 것 같다.

"으…… 춥다. 에어컨…… 너무 쎄……."

부르르 몸을 떤 히이라기쌤은 그럼에도 그 자리에 계속 앉아서 일을 하고 있었다.

"세계사 시험 문제를 어디서 내볼까나-? 어떡하지 지금 누가 물어보면 말해버릴지도-."

히이라기쌤의 혼잣말을 흘려넘기며 나도 혼잣말을 했다.

“문제집을 풀면 어느 정도는 풀리겠지, 수업을 열심히 들었으니까 어디가 중요한지도 알고 있고.”

“정말…… 왜 그렇게 재주가 좋은 거야……!”

조그맣게 본심이 들려왔다.

세계사, 두려울 것 없도다. 암기 과목은 특기니까.

게다가 고2 1학기 기말시험을 보는 건 두 번째다.

대략 어렴풋이 어디서 나왔었는지 기억이 난다.

우우 추워, 하면서 히이라기쌤이 떨고 있어서 덮어줄 만한 것을 찾아보았다.

오늘 가지고 가려던 체육복 상의밖에 없었다.

거의 입지 않았으니 이상한 냄새가 나지는 않겠지.

슥- 체육복 상의를 책상 위로 미끄러뜨렸다.

“선생님 추우시면 무릎 담요로라도 쓰세요.”

“아. ……고마워…….”

꼬옥, 내 체육복 상의를 가슴에 안고 혼잣말을 중얼거렸다.

“그, 그런 식으로 다정하게 대해줘도…… 선생님은 어디서 문제를 낼 건지 안 가르쳐 줄 거야.”

아무도 보지 않는지 살펴본 뒤, 코에다 갖다 대고 킁킁, 킁킁.

“아, 사나다 냄새…….”

어이, 도서실에서 냄새 맡지 마.

꼬물꼬물 체육복을 입는다.

두리번
두리번
스읍-하아-
스읍-하아-

왜 입는 거야. 무릎 담요로 쓰라고 말했는데.

왼쪽 가슴팍에 사나다라는 자수가 새겨져 있는 나의 체육복.

히이라기쌤이 그 옷을 입고 있으니 이상한 기분이 들었다.

"정확하게 묻지 않으면 안 가르쳐 줄 거니까……."

그러니까 가르쳐 달라고 말한 기억이 없다니까.

20분 정도 수학B 문제집을 풀었다.

"72페이지 근처는 정말로 중요하니까, 시험에 꼭 내야겠어——."

결국 말해주는 거냐.

"역시 여기, 에어컨이 너무 세."

누구에게 설명하는지 알 수 없는 혼잣말을 중얼거리며 히이라기쌤이 내 맞은편으로 이동했다.

"이쯤이 딱 좋으려나♪"

무시하자, 무시.

나는 공부를 하러 온 거지 히이라기쌤과 어울리려고 온 게 아니다.

"딱 좋으시면, 체육복 돌려주시면 좋겠는데요."

"어흠. 벗으면 추울지도 모르니까 이대로 있는 게 딱 좋을 듯."

어디까지나 방해하지 않는다는 일선을 지키려는 히이라기쌤이 혼잣말하듯이 의사표시를 했다.

"어흠, 남자애의 체육복을 입고 있으면 남들이 쳐다볼

거 같은데.”

“어흠, 이건 냉방병에 걸리지 않도록 다정한 학생이 빌려준 것이니까-. 당분간은 입고 있어야지.”

무슨 일이 있어도 내가 빌려준 체육복을 벗을 생각이 없어 보인다.

꾹꾹, 다리에 어떤 감촉이 느껴졌다.

건너편에 있는 사람을 쳐다보자 휙 눈을 피했다.

슬쩍 아래를 들여다보자 히이라기쌤이 그 예쁜 다리를 조금 뻗어서 내 정강이에 다리에 부딪히거나 갖다 대고 있었다.

“…………읏.”

눈이 마주치자 다시 히이라기쌤이 고개를 돌렸다.

하지만 다리는 전혀 떨어지지 않는다.

……다리만이라도 붙어있고 싶은가 보다.

“어흠…………, 정말 싫으면 말해야 해……? 바로 그만둘 테니까.”

히이라기쌤이 작은 목소리로 그렇게 말했다.

“어흠, 내 다리가 좀 길어서 건너편 사람이랑 자주 부딪히네……. 그 정도는 전혀 신경 안 쓰니까 상관없지만.”

“어흠, 갑자기 상냥하게 굴어도 안 되니까…….”

노트북을 마주 보는 히이라기쌤, 다리를 뗄 생각은 제로. 계속 붙어있는 채로 스타킹을 신은 다리가 내 발가락을 문지른다.

나도 같은 행동으로 돌려주자 히이라기쌤이 깜짝하고 반응했다.

"잠, 간지러워…… 아, 어흠."

어흠이 늦었어.

"어흠…… 일에 전혀 집중을 못 하겠구나아……어떡하지."

"어흠…… 공부가 별로 잘 안 되는구나아……."

정말로 집중하고 싶으면 교무실에서 일하면 될 텐데, 공부도 집에서 하면 된다.

……즉, 그렇고 그런 거지.

사람 눈이 닿지 않는 책상 아래서 두 사람의 다리가 한창 놀아나는 중이다.

하지만 신기하게도 이렇게 하고 있는 게 안정된다.

말없이 일과 공부를 계속하는 우리.

시험 기간 중이라 평소보다 앞당겨진 퇴교 시간이 다가와서 도서실에는 우리와 사서 선생님뿐이었다. 원래부터 우리 외의 학생은 두 명밖에 없었지만.

"책을 빌려 갈까……."

자리에서 일어나 책장 앞에 서서 꽂힌 책들을 보고 있는데 히이라기쌤도 따라서왔다.

장난기 가득한 얼굴에 입가가 풀려있다.

사서 선생님이 카운터에서 전혀 움직이지 않는 것을 확인하고 카운터의 사각으로 갔다.

책장 그늘에서 살짝 규칙 위반 키스를 했다.

"나 너무 방해됐지……, 미안."

"으으응, 공부는 집에 가서 해도 되니까."

"……정말, 그렇게 금방 다정하게 군다니까……."

아무도 들어선 안 되는 비밀 이야기를 소곤소곤 나누다, 다시 조용히 키스를 했다.

"선생님, 일 열심히 하세요."

"사나다도 공부 열심히 하렴."

행복 게이지가 쌓여서 둘 다 저도 모르게 미소를 지었다.

"좋아하는 사람이 생기면 열심히 하게 된다는 건 진짜였구나……."

히이라기쌤이 깨달았다는 듯 그렇게 말했다.

참으로 동감이다.

50화 • 불가사의한 요리 스킬

◆ 히이라기 하루카 ◆

휴일, '도시락과 저녁밥을 항상 차려주는 것에 대한 감사'라면서 세이지가 저녁을 차려주겠다고 했다.

제법 괜찮아 보이는 솜씨로 담담하게 요리를 하고 있다.

완성되어 나온 것은 샐러드, 파스타와 스프로 왠지 카페의 런치 세트에 있을 것 같은 조합이다. 나는 굉장히 기쁘면서 동시에 그렇게 좋지만은 않은 기분도 느끼고 있었다.

포크에 파스타를 감아서 한 입 먹었다.

"어때? 제법 자신 있는 요리인데."

아, 맛있다……! 순간 카페에라도 온 줄 알았어.

"응, 맛있어."

다행이라며 싱긋 웃더니 세이지도 먹기 시작했다.

맛있는 요리에는 불만이 없지만 세이지가 요리를 잘하는 부분은 그다지 좋지만은 않다…….

스프도 파는 걸 사 온 게 아니라 제대로 직접 만든 것이다.

으으으으…….

종합적으로 보면 내가 요리를 더 잘한다고 생각하지만, 일반적인 레벨에서 보면 세이지도 충분한 기량을 가지고 있다.

요리를 잘하는 남자는 인기가 있다고–.

나는 그렇게 생각한다.

이러니저러니 해도 밥을 주는 환경이란 받는 입장에서는 고맙고 벗어나기 힘들기도 하다.

세이지가 다른 여자에게 다가가지는 않을지, 나는 굉장히 걱정하고 있다.

"세이지 이런 세련된 요리는 어디서 배운 거야, 어머니?"

"어…… 그건……."

하더니 말하기 어려운 듯 입을 다물었다.

세이지의 어머니는 이런 세련된 요리를 만들 것 같은 이미지는 아니다. 가정과실에서 점심을 먹을 때마다 보던 도시락은 굉장히 가정적인 도시락이었으니까.

"어머니가 요즘 이탈리안 요리에 빠져서…… 그래서……."

삐칭–. 여자의 감이 발동했다.

아냐, 절대로 어머니는 아니야.

그럼 누구지?

사나는 요리를 잘 못하고……, 그렇다면 다른 여자–?!

그렇다면 세련된 요리를 만드는 것도 설명이 된다.

"세이지, 나한테 감추는 거 없어?"

"으엣?! 왜, 왜 그래?! 갑자기……."

당황하는 게 수상해…….

"왠–지 말이야, 응? 왠지."

"스프도 꽤 맛있게 됐지?"

"아, 응. 굉장히 맛있어."

"잘됐다."

세이지의 이 안심했다는 듯한, 『싱긋』이라는 글씨가 나올 것 같은 미소가 너무 좋다…….

샐러드도 잘 만들었고, 이렇게 하면 야채라도 얼마든지 먹을 수 있을 것 같은―아니, 화제를 돌렸잖아!!

나는 사실 세이지에 대해서 잘 모른다.

고2가 된 세이지에 대해서는 누구보다도 잘 안다고 자신하지만 작년이나 중학생 때의 일은 잘 그다지 들어본 적이 없다.

나와 본격적으로 사귀기 전에 이미 이 요리 기술을 익힌 것이 틀림없어 보인다.

"오늘 저녁은 고맙다고 만들어 준 거잖아."

"어. 아아, 응."

"집에서도 자주 요리하고 그래?"

"집에서는 살림을 어머니가 하시니까 재료를 맘대로 쓰면 혼나거든. 내일 쓰려고 했던 고기라느니 계란이라느니."

"아―. 알지 그거. 냉장고 안의 재료는 대부분 계산해서 사다 놓은 거니까. 맘대로 써버리면 그 주의 식단이 약간 이상해지거나 그러거든."

"그렇다더라, 똑같은 소릴 들었어."

집에서는 요리를 하지 않는데 이렇게 잘 한다……?

아, 알았다!

"전 여친-?! 그런 거지?! 세련되고 약간 연상인 예쁜 아가씨랑 이전에 사귀었던거지이이이?!"

"허어?! 무슨 말이야. 그건 오히려 지금이 그렇지."

맞아.

내가 세이지의 첫 번째 여친이라는 보증은 없어.

"전 여친 같은 거 없어. 하루카가 처음 사귀는 애인인 걸."

깔끔하게 보증받아 버렸다.

응? 오히려 지금이 그렇다고?

"세련되고 약간 연상인 예쁜 아가씨?"

말하면서 나를 가리켰다.

"그, 그렇지……."

아 부끄러워한다, 귀여워.

이런 모습을 볼 때면 연하남이라는 생각이 들어서 굉장히 심쿵한다.

보통은 그다지 초조해하거나 동요하지 않고 무엇이든 요령 좋게 넘겨버리니까.

"있지도 않은 전 여친에게 질투해서 미안해."

"됐어, 괜찮아."

전 여친에게 배운 것도 아니고 집에서 어머니에게 배운 것도 아니다…….

그럼 대체 언제 누구에게…… ?

"세이지는 카페 가는 거 좋아해?"

"카페? 아니 그렇게 좋아하지 않는 편일 걸? 커피는 좋아하지만."

ㅇㅇㅇ.

어딘가에 있는 카페의 런치를 따라서 만든 것도 아니란 말인가.

"그게 카페라고 하면 『이렇게 세련된 곳에서 차를 마시는 나는 너무 예뻐! 이런 나 너무 멋지지?』라고 생각하는 여자애들이 가는 데잖아."

"우와, 엄청난 편견!!"

"아니야?"

"여자들은 그런 장소를 좋아하는 것뿐이야. 가구나 인테리어나 소품이 예쁘거나 가게의 분위기가 좋거나."

"흐음. 왜 갑자기 카페 이야기를 해?"

"데이트라도 하는 게 아니면 어지간히 그런 장소는 가볼 일이 없잖아? 만들어 준 식사가 카페에나 나올법한 느낌이라 자주 가는 건가 싶어서."

카페를 좋아하는 것도 아니고…… 요리를 흉내낸 것도 아니다…….

그럼, 이 요리 스킬은 어디에서 손에 넣은 것일까.

몰래 조리실에서 연습을 했었나-?

"오늘 고맙다고 요리해준 거, 예전부터 계속 생각하던 거야?"

"계속이라고 할 정도는 아니지만, 항상 맛있는 걸 대접 받으니까. 도시락도 그렇고. 그래서 보답해주고 싶었어."

어쩌지.

서투르지만 나를 위해서 계속 요리를 연습해왔다고 생각하니, 세이지가 더욱 좋아진다…….

그냥 그거면 됐어.

세이지가 매일 나에게 감사하고 있다는 것도 알게 되었고, 요리도 맛있었고.

"내가 어떻게 요리를 잘하는지 그렇게 신경 쓰여?"

"어? 응……."

방금까지는 숨기는 것 같더니 갑자기 왜 그러는 거지?

세이지가 진지한 얼굴로 내 얼굴을 가까이서 들여다본다.

"사실 나는 스물일곱 살이고, 지금 시대로 타임리프해 온 거야."

"……아하하하, 뭐야 그게. 아무리 봐도 스물일곱으로는 안 보여."

"그래서 요리는 대학생 때 이탈리안 레스토랑에서 아르바이트를 하면서 배운 거지――."

"뭐야 그 대학생 때 있을 법한 설정은. 하하하."

"대학생 시절부터 혼자 살면서 슬금슬금 요리를 할 기회도 늘어서 지금 이렇게 된――."

"자취하는 대학생이라, 그럴듯해에에에!"

살짝 눈물이 나서 손끝으로 눈가를 훔쳤다.

"하아, 웃겼어."

"……. …………그렇지?"
내가 좋아하는 싱긋 웃는 얼굴.
문득 신경 쓰이던 걸 물어보았다.
"저기…… 타임리프가 뭐야? 어떤 의미??"
푸욱 세이지가 고개를 숙였다.
"그, 그렇구나…… 보통은 이런 단어…… 모르는 구나."
그리고 세이지가 타임리프가 어떤 건지 설명해 주어서 겨우 이해했다.
다 먹은 그릇을 싱크대로 나르면서 물어보았다.
"그럼 그 타임리프라는 현상이 실제로 이루어졌다고 치면 지금 여기에 있는 세이지는 스물일곱 살인 거야?"
"아아, 방금 그 『설정』 말이야? 그렇다고 할 수 있지."
쏴아아 물을 틀고 내가 스펀지로 식기를 닦으면 세이지가 헹군다.
"하루카, ……만약 정말로 그렇다면 어떻게 할 거야?"
"어떻게 하긴 뭘? 세이지는 세이지잖아? 다른 사람이 안에 들어와 있다면 생각해 보겠지만."
"그렇구나."
그렇게 말하고 세이지는 싱긋 웃었다.
그 뒤에 평소보다 더 많이 노닥거리며 보냈다.

51화 • 여름 축제 1

7월 셋째 주 주말, 옆 마을에서는 매년 여름 축제가 열린다.

히이라기쌤은 갈 생각으로 가득해서는 '옆 마을이니까 안전해' 라는 이상한 이유를 내세워 축제에 가자며 나를 밀어붙였다.

"가고 싶어……."

"불꽃놀이는 여기서도 보이잖아…… 아는 사람을 만날 가능성을 생각하면……."

"…………"

히이라기쌤이 추욱 시무룩해졌다.

나 역시 아는 사람이 아무도 없다는 보증만 있으면 가고 싶다.

옆 마을이라고는 하지만 여름 축제의 규모가 커서 현 내외에서 관광객이 온다. 당연히 학교 친구들, 중학교 동창생들과 마주칠 가능성이 높고 누군가 볼 가능성도 크다.

"유카타 입을 건데……."

……보고 싶다.

"세이지가 그렇게까지 강하게 거부한다면…… 할 수 없네……."

"아니 그렇게까지 거부하는 건 아니라고 할지, 하루카의 진심을 가늠하고 있었다고 할지…….”

“그럼 갈까?”

이렇게 하여 다음 토요일에 옆 마을의 여름 축제에 가기로 했다.

축제장 가까이까지 차를 타고 가서 근처에 세워두고 걸어가기로 했다.

딸깍딸깍 히이라기쌤의 게다(일본 전통 복장에 신는 나막신) 소리가 울린다.

평소에는 포니테일로 묶는 머리를 뒤쪽에서 가지런히 해서 새하얀 목덜미가 바로 보였다.

꽃이 달린 머리 장식도 잘 어울린다.

“유카타 차림이 어때?”

“응, 예뻐.”

“그, 그래?”

기쁜 듯 뺨을 물들이고 『더 말해 봐』 하는 분위기를 풍기고 있다.

“파란색의 투명한 느낌이 하루카와 잘 어울려서 좋다고 생각해.”

“에헤헤, 고마워♪”

유카타도 그렇지만 전체적으로 잘 차려입었다.

얼핏 보면 ‘히이라기 선생님’이라는 이미지에서 꽤 다르게 보이기 때문에 어쩌면 변장할 필요는 없었는지도 모른다.

하지만 나는 만약을 위해 모자를 깊이 눌러쓰고 있다.

사람도 많고 이 정도로 하고 있으면 쉽게 들킬 일은 없겠지.

축제장에 가까워질수록 관광객처럼 보이는 사람들이 여기저기 보였다.

역시 커플도 많았는데, 어느 커플이나 다 손을 잡고 있었다.

톡톡 히이라기쌤이 은근슬쩍 내 손등을 만졌다. 손을 잡고 싶은 것 같다.

유카타를 입은 히이라기쌤이 너무 예뻐서 남자들의 주목을 받고 있었다. 그런 중에 모자를 쓴 남자가 옆에서 손을 잡고 있으면 괜히 더 눈길을 끌겠지.

"우웅."

내가 손을 잡으려 하지 않자 히이라기쌤이 삐죽 입술을 내밀었다.

"아, 잠깐 기다려."

그러고 보니 노점에서 매년 가면을 팔고 있었다.

아직 저녁이라 노점이 늘어서 있는 쪽에는 그렇게까지 사람이 많지 않았다.

대체로 저쪽 즈음에…… 있다.

발견한 노점에 다가가자 전대 히어로 가면과 어린애들이 좋아하는 애니메이션 여주인공의 가면, 그 밖의 다양한 가면을 팔고 있었다.

나는 가면을 하나 사서 히이라기쌤에게로 갔다.

"이걸 써, 그러면 우리가 누군지 들키지 않을 거야."

"세이지는 혹시 천재……?"

"이제 손잡자."

"좋아♪"

히이라기쌤이 가면을 썼다.

횻토코(입이 튀어나오고 눈이 짝짝이인 익살스러운 가면)가 눈앞에 나타났다.

푸흐흐흡

어, 어쩌지…… 평범한 가면이라는 기준으로 골랐더니…… 우스워지고 말았다…….

"이제 손잡고 걸어도 되는 거지?"

라고 횻토코가 기쁜 듯이 말했다.

"푸, 푸흐흐, 흐, 으, 응……."

"뭐가 그렇게 웃겨?"

그, 그만 둬……히이라기쌤의 목소리로 횻토코가 말하고 있어…….

푸흡, 웃고 있으니 나의 이상함을 눈치 챈 횻토코가 가면을 벗고 무슨 가면인지 확인했다.

그리고 다시 썼다.

"뭐야, 이게! 더 귀여운 건 없었어?!"

"이, 이, 이게…… 푸후훗…… 제일 평범해 보여서……."

"빵 터졌네! 횻토코 때문에 빵 터졌잖아! 무슨 생각인 거야 세이지는!"

홋토코가 엄청 화내고 있어! 푸흐흡.

"아, 진짜로, 그만둬. 수, 숨쉬기가 괴롭, 푸하하하하."

"그만두긴 자기가 사온 가면이면서어어어어어어어어!"

발을 동동 구르면서 홋토코가 화낸다.

"다른 거 살 거니까 됐어. 그때까지만 참아."

다정한 홋토코.

"손잡는다?"

부끄러워하는 홋토코.

위험해 이 이상 웃었다간 홋토코가 기분 나빠져…….

하지만 너무 웃긴데, 어쩌지.

홋토코에게 반 강제로 손을 잡힌 나는 홋토코와 함께 축제장에 들어섰다.

신사에서 주최하는 제사가 메인이지만 기본적으로는 불꽃놀이를 메인이라고 생각하는 사람이 많아서 불꽃놀이가 시작하기 전까지는 그렇게까지 사람이 많지는 않았다.

방금 내가 가면을 산 노점까지 가서 홋토코가 다른 가면을 샀다.

전대물 레드의 가면.

홋토코를 나에게 넘긴 히이라기쌤은 레드의 가면을 쓰고 이쪽을 바라보았다.

"…………어때?"

"응, 평범하네."

"그래……, 아니 웃기는 건 목적이 아니었잖아?!"

횻토코는 내가 쓰기로 하고 불꽃놀이 시간까지 노점을 돌아보기로 했다.

야키소바를 사서 모퉁이의 돌계단에서 둘이서 나눠 먹었다.

"세이지, 앙-."

"잠깐만."

슬쩍 가면을 들고 입으로 받아먹었다. 가면을 들어 올린 동안에는 앞이 보이지 않으니까 이렇게 하는 게 제일 좋다는 걸 방금 알았다.

"이번엔 내 차례지, 자."

"앙-."

이번에는 내가 먹여 주었다.

가면은 굉장히 걸리적거렸지만 쓰지 않으면 언제 누구에게 들킬지 모른다.

"다음 노점 보러 가자!"

"하루카 기운차네."

"스트레스 해소라는 거지. 어른이 되면 이럴 일이 별로 없으니까."

라고 레드의 가면이 말한다. 진지한 이야기인데 전혀 머리에 들어오지 않는다.

손을 잡힌 나는 히이라기쌤에게 끌려다니며 점점 늘어나는 인파 사이를 걷는다.

"세이지, 저거! 금붕어 건지기! 할래?"

금붕어를 건져서 길러도 일주일이면 죽을 텐데…… 건지지 못해도 서비스라고 몇 마리 받으니까…….

빨리, 하고 재촉받아서 노점 앞으로 갔다.

"우와아…… 작은 물고기가 엄청 많아."

"작은 물고기라니 금붕어 건지기니까."

"빨간 거랑 까만 것도 금붕어야?"

"어?"

"어? 왜?"

레드가 멍하니 있었다.

"저기 레드 씨, 금색 물고기만 금붕어라고 하는 거 아니거든요?"

"……………. 아, 알고 있었구나?"

거짓말.

응? 뭐지…… 금붕어를 본 적이 없나? 어릴 때 한 번 정도는 본 적이 있을텐데.

"한 번만 할게요."

히이라기쌤이 돈을 내고 종이 뜰채를 세 개 받았다.

"여기!"

파삭.

"지금!"

파삭.

"이걸로 정했다!"

파삭.

전부 실패했다.

"크으으으…… 한 마리도 건지지 못했어……. 이 종이 자꾸 찢어지는데, 아저씨 불량품 아니에요?"

"원래 그런 거야!"

해본 적이 없는 건가……?

나도 옆에서 금붕어 건지기를 시작했다.

지그시, 뜨거운 시선으로 레드가 내 손놀림을 보는 것이 느껴졌다.

슥- 뜰채를 가로로 미끄러뜨려 가능한 가장자리 부분에 걸리게 하는 느낌으로

"읏챠."

통에 한 마리, 두 마리 차례차례 금붕어를 떠 올린다.

"굉장해-에! 세이지 대단해!!"

짝짝 손뼉을 치면서 감동하고 있다.

"아주 잘하는 건 아니지만 이 정도는 할 수 있어."

"정말 이렇게 되면 어른의 힘을 써서-"

"레드 가면을 쓰고서 무슨 짓을 하려는 거야."

레드가 지갑에서 오만 엔을 꺼냈다.

"이걸로 잘 찢어지는 뜰채 전부 주세요!"

"그만둬! 좀 있다가 어린애들이 해야 된다고."

"오늘 하루 매상에 상당하는 돈이 있으면 아저씨도 분명 고개를 끄덕이며——."

"노점 앞에서 돈 이야기 하는 거 아니야!"

히이라기쌤이 서비스로 금붕어 세 마리를 받아 우리는 노점 앞을 떠났다.

내가 잡은 금붕어는 고무 대야로 돌려놓았다.

"생각보다 더 어려웠어……."

"요령이 필요하거든."

인적이 드문 곳으로 걷다가 적당한 돌계단을 발견해 앉았다.

"이런데 와 본 적이 거의 없어서. 너무 들떠버렸어."

"그런 것 같더라."

어느샌가 해가 저물어, 전등 빛이 들지 않는 곳은 깜깜했다.

어두운 곳이라면 가면이 없어도 괜찮겠지.

가면을 벗자 히이라기쌤이 손을 겹쳐 왔다.

"내년에도 또 오자."
"응 그러자."
멀리서 들리는 축제의
떠들썩함을 느끼며
우리는 희미한
어둠 속에서 키스를 했다.
Illustrations copyright © Yasuyuki

52화 • 여름 축제 2

어두운 곳에서 노닥노닥 휴식 시간을 가진 후, 나와 히이라기쌤인 레드는 불꽃놀이가 잘 보이고 조용한 장소를 찾아 여기저기를 돌아다니고 있었다.

"우우웅 어디나 커플이 잔뜩 있네."

"역시 다들 생각하는 건 똑같은가 봐."

그렇네-, 하고 레드가 쿡쿡 웃었다.

레몬맛 빙수를 손에 든 레드가 숟가락을 가면의 입 부분에 철퍽 가져다 댔다.

"아우, 또 실수했다."

가면 쓴 것을 때때로 잊을 정도로 가면에 익숙해졌나 보다.

불꽃놀이의 시작 시간이 가까워질수록 사람들이 점점 늘어났다.

여기서 놓치기라도 하면 찾는 게 힘들겠어.

"아, 오빠!"

으엑, 사나?!

정면에서 유카타 차림의 사나와 카나타가 나타났다.

히이라기쌤을 보니 아직도 숟가락이 가면의 입 부분에 부딪혀 먹지 못하는 실수를 반복하고 있었다.

조, 좋아……, 레드인 채라면 아마도 들키지 않겠지.

당황해서 나는 머리 위에 올려놓았던 횻토코 가면을 썼다.

“이러니저러니 하더니, 오빠도 결국 와있었잖아.”

“아니, 저는 횻토코인데요.”

“……오빠, 이미 늦었거든. 옷도 집에서 나올 때 본 그대로 입고 있으면서, 그 횻토코는 뭐야.”

“……세이지. 그 정도 변장으로는 사나에게서 벗어날 수 없어.”

나는 단념하고 가면을 머리 위로 돌려놓았다.

“그보다 사나 너도 결국 왔네. 안 간다고 했으면서.”

“카나짱이 가고 싶다고 하니까 사나는 따라왔을 뿐…….”

라고 말하지만 아마도 분명 그 반대겠지…….

“그 옆의 여자 분은?”

“어? 아아, 여기 이분은…… 미아가 된 레드야.”

끄덕끄덕 히이라기쌤이 고개를 끄덕였다.

“리더인데 미아가 된 거야-?”

“……안됐다.”

“그, 그래서 내가 지금 다른 멤버를 찾아주고 있는 거야. 어디서 헤어진 건지…….”

지그시, 경계심을 드러낸 고양이처럼 카나타가 레드를 바라본다.

“……어디서 본 것 같은 몸매…….”

샤샥 카나타가 옆으로 돌아가자 히이라기쌤이 옆얼굴을

못 보도록 손으로 막았다.

"……역시 레드……, 꽤 하는군……!"

뭐하는 거야.

"지, 지금 불꽃놀이가 잘 보이는 좋은 자리를 찾아놨거든? ……어차피 오빠는 혼자 볼 거잖아? 사나랑 카나타가 끼워줄 수 있는데?"

"사양한다. 일단 선약이 있으니까."

"어…………. 누, 누구랑……? 설마── 레드랑?!"

머뭇머뭇, 레드가 부끄러워하고 있다.

"레, 레드는 안 돼 오빠! 다, 다른 멤버들이랑 봐야 하니까!"

방금은 적당히 찾는 중이라고 했지만 사실 다른 멤버 같은 건 없다고.

"누구랑 보든 상관없잖아. 꼬치꼬치 묻지 마."

"……오빠는, 바보."

"……사짱. 괜찮아 괜찮아."

입을 가로로 꾹 다문 사나를 카나타가 쓰다듬었다.

얘네 둘은 정말로 사이가 좋구나.

"그런 이유로 나는 미아가 된 레드를 축제 관리소 같은 데에 데려다줄게-."

뒤돌아보니 레드의 모습이 사라져 있었다.

"어, 어라? 레드는?"

"아, 정말이네…… 인파에 휩쓸려갔나 봐……."

“……레드가 다시 미아가…….”

“그, 그럼 나중에 봐–!”

나는 두 사람에게 손을 흔들고 인파 속으로 비집고 들어갔다.

어딜 간 거야? 멍하니 빙수를 먹다가 인파에 쓸려간 건가?

전화를 걸어도 받지 않는다. 휴대 전화를 가방 안에 넣어놨으니 전화 오는 걸 몰라도 할 수 없지.

인파를 헤치며 레드를 찾다 보니 노점 행렬이 끊어진 곳에 있었다.

찾아서 다행이다.

하지만 세 명의 남자들에게 둘러싸여 있다.

이, 이건 혹시– ‘언니 우리랑 좋은데 놀러 가자’ 같은 상황인 건–?!

내, 내가 제대로 굴어야 해. 일단 내가 어른이니까 히이라기쌤을 지켜야지.

“아…… 저기, 곤란한데요…….”

“뭐 어때서 그래, 잠깐만 놀자고!”

위험해! 정말로 판에 박은 듯한 녀석이다.

“그치만, 일행이 있어서…….”

레드가 싫어하고 있다.

내가 어떻게 하지 않으면……!

“그럼 그 자식이 오기 전까지만 같이 있을까?”

"그래그래, 시간은 잔-뜩 있으니까."

"잠깐만, 정말 아주 잠깐만 놀자고."

남자들이 잽싸게 셋 다 다른 모양의 가면을 썼다.

""""-우리들의 레드가 되어 주십시오!!""""

작업 멘트가 저게 뭐야!!

"내가 블루-!"

짜잔, 한 명이 포즈를 잡았다.

"내가 옐로-!"

또 다른 한 명이 짜잔 포즈를 잡았다.

"그리고 내가—— 홋토코!"

색깔을 맞춰서 와야지.

아무래도 특촬 영상을 좋아하는 사람들에게 잡힌 것 같았다. 홋토코는 모르겠지만.

"저기, 레드는 제 일행입니다. 뭔가 볼일 있으신가요?"

나는 남자들과 히이라기쌤의 사이로 비집고 들어갔다.

"우리는 전대물 놀이를 하고 싶은 거뿐인데?"

"그렇다고요, 우리가 마침 레드가 없어서."

응, 응. 홋토코가 고개를 끄덕인다.

그리고는 나를 지그시 보더니 '오오……! 동지여!' 하고 목소리를 높였다.

덥석 악수를 당했다.

아, 친구로 착각하고 있어.

"아니, 제 이거는 다른 거예요. 어쩌다 보니 사버린 거라고."

홋토코가 전력을 다해 부정하는 내 등을 두드렸다.

"괜찮아, 괜찮아. 부끄러워 할 거 없어."

뭐야 이게. 홋토코를 좋아한다고 주장하면 부끄럽다는 풍조라도 있나?!

완전 인기없는 마이너 캐릭터같은 취급이었어?!

"어, 어쨌든 우리는 불꽃놀이를 볼만한 장소를 찾다가 중간에 헤어진 거라서요."

"그렇다면 동지여, 신사의 뒤편에 좁은 길이 있다네. 그 길을 올라가면 작은 전망대가 나오지. 그곳이라면 아마 아무도 오지 않을 것이야."

홋토코, 너는 스토리를 진행하는데 중요한 정보를 알려주는 캐릭터였냐.

"아. 고맙습니다."

"힘내게나, 젊은 홋토코여."

"그러니까 나는 홋토코가 아니라고."

나는 다시 한번 홋토코에게 감사를 전하고 히이라기쌤의 손을 잡고 걷기 시작했다.

"갑자기 없어져서 깜짝 놀랐어."

"아아, ……부재중 통화가 잔뜩 와있네……. 미안, 정신 차려보니 인파에 휩쓸려서……."

히이라기쌤이 손을 고쳐 잡으면서 동시에 팔짱을 꼈다.

"방금은 고마워. 아마도 나쁜 사람들은 아니겠지만……

곤란했는데 살았어."

"으으응, 이상한 일 당하기 전이라 다행이었어."

달깍달깍 히이라기쌤의 게다 소리가 들릴 정도로 떠들썩한 축제장에서 멀어졌다.

제사가 끝난 신사는 이미 한산해서 사무소를 출입하는 하는 사람들 몇 명이 있을 뿐이었다.

신사 뒤편의 길은 어디일까?

"세이지, 여기 아닐까?"

히이라기쌤이 손가락으로 가리킨 곳은 사람 한 명이 가까스로 지나갈만한 좁은 계단이 있었다.

넘어지지 않도록 손을 잡고 둘이서 위로 올라갔다.

어느 정도 올라가자 홋토코 정보에 있었던 대로 전망대가 보였다.

전망대라기보다 작은 정자같은 분위기로 지붕과 목조 테이블, 다리 두 개 달린 벤치가 있었다.

아래에는 노점의 불빛이 보이고 위로는 별 하늘이 펼쳐져 있었다.

산들산들 부는 바람이 상쾌하다.

벤치에 앉아 주변을 둘러보니 아무도 오지 않을 것 같았다.

"굉장히 좋은 장소네."

"홋토코는 뭐하는 녀석이지……."

가면을 들고 있던 히이라기쌤이 방금 전 일을 떠올리며

쿡쿡 웃었다.

"동료잖아-?"

"아니, 아니라고."

아하하, 히이라기쌤이 즐거운 듯 소리 높여 웃었다.

남의 일이라고 이 사람이.

그런 대화를 주고받는 사이에 시간이 다 되어 불꽃놀이가 시작되었다.

펑, 새까만 밤하늘에 각양각색의 꽃이 피었다.

"예쁘다."

불꽃놀이를 보는 게 몇 년 만인지.

멍하니 그런 생각을 하고 있는데 등이 닿는 위치에서 히이라기쌤이 살짝 거리를 좁혀 왔다.

손바닥을 위로 향하자 기다렸다는 듯 손을 겹쳐 온다.

불꽃놀이의 사이에 살짝 키스를 했다.

"반드시다?"

"어, 뭐가?"

"내년에 다시 오기로 약속…… 반드시 오는 거야……."

"응, 약속."

불안해하는 히이라기쌤을 감싸 안자 히이라기쌤도 내 등에 손을 둘렀다.

"세이지 너무 좋아, 사랑해."

"나도."

"제대로 말해주지?"

내 뺨을 딱 잡고 도망치지 못하게 하는 히이라기쌤.

방긋 웃는 입가가 풀어져 있다.

몇 번을 해도 익숙해지지 않네…….

"하루카, 사랑해."

"흐아……앗, 고, 고마워."

히이라기쌤이 가슴을 감싸 안았다.

"부끄러워하는 세이지가 귀여워서 보고 싶은데, 보고 나면 세이지보다 내가 더 부끄러워져……."

뭐냐 이 사람, 귀여워라.

계속 이런 상태로 아무도 오지 않는 작은 전망대에서 불꽃놀이를 보면서 우리들은 계속 사랑을 속삭였다.

53화 • 수업중의 위기

세계사 수업 중의 일이다.

내가 책받침을 부채 삼아 부채질을 하고 있으려니 교과서를 펼치던 히이라기쌤이 한마디 했다.

"사나다, 부채질한다고 달라지는 거 없어. 덥지만 힘내자."

"네……."

흠, 하면서 히이라기쌤이 고압적인 자세로『지금은 선생님과 학생이니까』하는 얼굴로 지나갔다.

히이라기쌤 오늘은 바지를 입고 왔는데 덥지 않나?

이 계절의 학교는 정말로 덥다.

교실에 에어컨은 없지, 통풍도 잘 안 되지, 땀에 젖은 팔에 노트가 들러붙지.

평소 같으면 '주의 받았네' 하며 놀려대는 후지모토도 오늘은 조용하다.

곁눈으로 슬쩍 바라보니 뒤를 돌아보고 있었다.

"우훗, 후우……."

"후지모토, 뭘 이상한 소리로 웃고 있냐."

"아니, 좀……."

? 별일이네, 이 자식이 뭘 숨기다니.

궁금하지만 어쩔 수 없으니 히이라기쌤의 세계사 수업

에 집중하기로 했다.

"선생님 오늘 바지 입으셨네요-? 더워 보여요——."

"치마를 입어도 더울 텐데, 선생님 다른 거 입지 그러셨어요-?"

친근하게 말을 거는 몇몇 여학생들.

"아 이거 시원한 바지라서, 보기보다 괜찮아."

히이라기쌤이 바지를 잡아당겼다 놓았다.

냉장고 바지 같은? 그런 재질의 바지인가?

"히이라기 쌤 약간 PK인데……."

"응, 약간 그렇지, 약간."

소곤소곤 약간 떨어진 곳에서 여학생들이 이야기하는 것이 들렸다.

PK가 뭐지?

페널티 킥, 파울……?

그걸 따지자면 학생과 사귀는 시점에서 파울도 그런 파울이 없다, 한방에 레드카드다.

우리들에게서 빙글 등을 돌린 히이라기쌤이 수업 내용을 칠판에 적는다.

"위험, 코피 터질 듯……."

헤실헤실 풀린 얼굴로 후지모토가 코를 잡고 있다.

"아까부터 왜 그러는데?"

"사나다, 아직도 모르겠냐?"

"뭐가?"

저런 저런, 후지모토가 미국인처럼 과장된 동작으로 고개를 흔들었다.

"보면 알잖냐. 너도 여자애들 브라 자국 보면서 흥분한 적 있을 거 아냐."

"시끄러워."

"없는 거냐?"

"있지."

"그런거거든, 그것보다 좀 더 레어하지만."

"무슨 이야기야?"

그야 남자라면 누구나 좋아하겠지.

하복 블라우스에서만 비쳐 보이는 여름의 명물.

그런 걸 보다가 히이라기쌤에게 걸리면 분명히 화내겠지만.

후지모토가 흥분한다는 것은 여자들 중 누군가가 표적이 되어 있다는 건가……?

두리번 두리번 주변을 둘러보았지만 보이지 않았다.

블라우스 안에 바로 브래지어를 입는 게 아니라 민소매 속옷을 안에 입는 아이들이 대다수이기 때문이다.

히이라기쌤은 엄하지 않아서 수업 중에 떠드는 아이들도 있었다.

하지만 오늘은 남자들은 모두 조용히 있고 여자들만 가끔씩 수군거리고 있었다.

사각사각 초크로 판서를 하는 히이라기쌤.

오늘도 열심히 일하는 여친의 모습을 보며 나도—. 모습을 보며…….

으아아아아아아아아아아!

PK의 의미를 알았다!

후지모토가 왜 자꾸 우훗우훗 기분 나쁜 웃음소리를 내는 지도.

남자들이 다들 조용히 히이라기쌤을 볼 만도 했다.

어, 어쩌지.

어떻게든 알려줘야 하는데.

아아, 하지만 히이라기쌤이 판서 모드에 들어가 있어서 당분간 이쪽으로 올 일이 없을 텐데.

체육복이라도 건네주면 어떻게 될 것 같은데 내건 이미 가져가 버렸고…….

히이라기쌤의 위기다, 어떻게 해야 하나, 나는—.

"자아 그러면, 이제 교과서를 읽어보면 좋겠는데—."

왔다!

지금이다.

"저요! 저요저요저요저요저요! 저요!"

학부모 참관일에 신이 난 꼬마처럼 나는 열심히 손을 들었다.

보기 드물게 적극적인 나의 모습에 히이라기쌤의 표정이 화악 밝아졌다.

"그래 그러면 사나다! 90페이지부터 읽어보렴."

"네. ……밀로의 비너스란 헬레니즘기의 대표적인 그리스 조각이다. 먼 곳을 보는 작게 뜬 눈과 높은 코가 특징적으로–."

그래, 지금이다.

"허리에 감은 천에서…… 그……."

"? 사나다? 그런 말은 쓰여 있지 않은데?"

"비너스 허리의 천 부근이랄까 엉덩이 근처에서 속옷 라인이 비쳐 보여서……."

번뜩, 반 전원이 나를 쳐다보는 것이 느껴졌다.

'뭐야, 지금 말한 거야?!'라는 여자들의 시선과 '말하지 마!'라는 남자들의 시선을 느꼈다.

"사나다? 그러니까 그런 문장 교과서에는……"

눈치채라고오오오오오오오오오오오오오오!

바지가 얇아서 그런지 모르겠지만 팬티 라인이 엄청 잘 보인다고오오오오오오오오!

그럼, 두 번째 시도.

"비너스의 엉덩이 근처에 팬티 라인이 보여서……."

"?"

PK는 '팬티가 끼었다'의 약자다. 아마도.

그걸 알 수 있을 정도로 완전 다 비친다고!

정말, 내가 더 부끄럽다…….

어째서 반 아이들의 주목을 받으면서 팬티의 라인이 비쳐 보인다는 이야기를 해 줘야만 하는 거냐고.

좀 더 확실하게 말하지 않으면 안 되려나……?!

“밀로의 비너스라고 할지…… 나의 비너스라고 할지…….”

“??”

안 되겠어! 눈치챌 기미가 없다!

“으음, 그럼 이제 선생님이 읽을게?”

히이라기쌤이 빙글 뒤돌아 등을 보였다.

아아아아아, 아우우우우우우우웃!

이 이상 히이라기쌤의 엉덩이를 남자 녀석들 시선에 노출시킬 순 없어!

이제 강경 수단이다!

나는 교복 셔츠를 벗고 티셔츠 한 장 차림이 되었다.

긴 소매를 접어 입고 있었으니 이걸 펴면 허리에 두를 수 있을 것이다.

자리에서 일어나 뒤를 돌아보고 있는 히이라기쌤에게 다가간다.

“선생님 잠시만!”

“어, 어, 어– 왜……?”

앞으로 나간 나에게 놀란 히이라기쌤이 당황했다.

슬쩍 셔츠를 건네주었다.

“이거 허리에.”

“에, 왜? 무슨 일이야?”

나는 살짝 귓속말을 했다.

“선생님 팬티 라인이 다 비쳐요.”

"말도 안 돼?!"

화아아아아아아아악 얼굴을 새빨갛게 물들인 히이라기쌤이 교과서를 툭 떨어뜨리고 손으로 엉덩이를 가렸다.

눈이 빙글빙글 돌아 이미 패닉상태다.

"그러니까 이거 쓰세요."

"……어, 아, 아, 응……. 고, 고마워……."

셔츠 소매를 몸 앞쪽으로 둘러서 엉덩이를 감싸 가렸다.

이걸로 일단 안심이다.

내가 안도의 한숨을 쉬자, 여학생들이 짝짝짝 박수를 보냈다.

"말씀 드릴까 말까 고민했는데."

"우리도 말하기 민망할 때가 있으니까요."

"사나다, 기사도 정신 멋지다……."

"자기 셔츠를 벗어서 막아주다니 좀 두근거렸어……"

이야, 별말씀을.

'뭐하는 짓이냐 사나다……!'

수업 도중이어서 히이라기쌤은 일단 교실을 나가서 운동용 트레이닝 복으로 갈아입고 왔다.

"사나다, 셔츠 고마워."

히이라기쌤은 가장 먼저 내 자리로 와서 내 셔츠를 돌려주었다.

"선생님도 좀 두근거렸어요……!"

에헤헤, 하면서 정말로 부끄러워하는 히이라기쌤.

어이어이어이어이, 수업 중이잖아. 무슨 소릴 하는 거야.

"아― 마음은 알겠어요."

"그렇지."

"응, 진심으로 두근거릴 타이밍이었어요."

여학생들이 '알 것 같아' 하면서 공감해준 덕분에 이상한 의미로 의심받지 않았다.

히이라기쌤을 위기에서 구한 덕에 여학생들 사이에서 내 주가가 쭉 오른 반면, 남학생들 사이에서의 내 주가는 쭉 내려갔다.

54화 • 풀장 1

"나츠미가 말야, 괜찮으면 셋이서 수영하러 가자던데."

히이라기쌤이 그런 제안을 해왔다.

아무래도 여동생인 나츠미가 잘 사귀고 있는지 자주 물어보는 것 같고, 히이라기쌤도 나와 나츠미가 사이좋게 지내면 좋겠다고 생각하고 있어서, 이렇게 같이 놀러 가자는 이야기가 나온 것 같았다.

내일부터 여름방학이기도 하니 놀러가는 장소로는 부족함이 없다.

내가 좋다고 하자 이미 자매끼리 어디에서 무얼 할지 결정을 했는지 풀장에 놀러 가는 걸로 정해졌다.

엄청나게 더운 날씨에 자전거를 밟아가며 히이라기쌤 집으로 갔더니 이미 나츠미가 도착해서 '헬로' 하고 손을 흔들고 있었다.

변함없이 친근하게 받아치며 '오랜만–'이라고 인사를 한 뒤 히이라기쌤의 자동차로 갈아탔다.

목적지는 재작년 생긴 지 얼마 안 된 레저 시설의 대형 풀장.

파도 풀장이나 커다란 워터 슬라이드 따위가 있어서 '어른도 아이도 모두 즐길 수 있다'느니 어쩌니 하는 광고를 하고 있었다.

"나 이런데 오는 게 처음이라서 긴장되네."

"사, 사실은 나도……."

헤이 헤이 걸즈-, 뭘 쫄고 그러시나. 그저 풀장일 뿐인데.

어라? 그러고 보니 나도 처음이다. 기, 긴장되네…….

나는 풀장보다도 히이라기쌤의 수영복 차림을 기대하고 있었다.

나츠미는 히이라기쌤보다는 못해도 작은 몸집에 나이에 맞게 나올 것은 나오고 들어갈 곳은 들어가 있었다.

나는 물가의 여신과 그녀와 즐겁게 노는 마을 소녀의 이미지가 떠올랐다.

평일이어서인지 아직 그다지 사람이 많지 않고 여름방학인 것을 고려해보면 한산한 편이었다.

후딱 옷을 갈아입고 풀 사이드에서 자매가 나타나기를 기다렸다.

풀장은 내 생각보다 훨씬 컸다.

사람이 많을 때면 미아가 되는 아이들이 생길 정도로 넓었다.

"어머, 나츠미, 저기 봐. 세이지의 등 하얗고 예쁘지?"

"하루짱 혹시 몸빠……?"

"아, 아니야!"

두 사람이 가까이 왔다.

히이라기쌤은 구석구석 작게 리본이 매여 있는 새하얀

비키니.

D컵의 정도라고 추정하지만…… 꽤, 꽤 풍만하십니다요…….

수영복이라 더 그렇게 보이는 건가……?

거, 걸을 때마다 접시에 올려놓은 푸딩처럼 탱탱하게 출렁이고 있다.

무엇이 출렁이는지 말하진 않겠지만.

뭐야 저거, 병기? 병기를 달고 있는데?

허리를 가로지르는 끈을 잡아당기고 싶은 욕구가 든다.

히이라기쌤의 집에서 이 수영복을 보았다면 분명히 당겨보았겠지……. 왠지 그렇게 자신할 수 있다.

허리의 섹시한 굴곡과 살짝 붙어있는 배의 살집이 상반되어 괜히 더 야해보여…….

"어떠려나……."

"응, 하루카에게 잘 어울려, 보기 좋아."

"좋았어♪"

기뻐하면서 살짝 점프하는 히이라기쌤.

출렁하고 한번 흔들렸다.

사, 사람이 적어서 다행이다. 오늘은 이상한 남자들이 꼬이지 않고 넘어갈 것 같다,

"네에 네에, 너무 둘이서 노닥거리지 말아줘, 나도 같이 있으니까~."

놀리는 것처럼 나츠미가 말했다.

나츠미가 입은 수영복은 투피스 타입으로 줄무늬가 아주 잘 어울렸다.

지그시, 나츠미가 이쪽을 본다.

"뭐, 왜?"

"하루짱이 빈집털이 군의 몸이 좋다고 해서……음, 과연 그렇구나- 싶어서……."

"나, 나츠미잇."

쉿-, 히이라기쌤이 당황하면서 둘째손가락을 입에 댔다.

히이라기쌤은 몸빠, 라고 메모 메모.

고등학생의 몸이라서 다행이다-. 현대의 내 몸이었다면 운동 부족에다 관리 부족으로 말랑말랑 뒤룩뒤룩이었을테니까.

"저쪽에 미끄럼틀 같은 게 있는 것 같던데 가보자."

"기다려 나츠미. 먼저 준비운동을 충분히 하지 않으면-."

뭔가 선생님 같은 이야기를 하네. 아, 선생님이었지.

"그런 건 필요 없-잖아. 본격적으로 수영할 것도 아닌데."

응 나도 나츠미의 의견에 동의한다. 하지만 히이라기쌤이 '제대로 해야 돼!'라고 했기 때문에 간단하게 준비운동 삼아 체조를 하고 도넛 모양 풀장에 뛰어들었다.

"기분 좋다아-!"

찰팍, 수면으로 얼굴을 내민 나츠미가 강아지처럼 고개를 흔들었다.

"우와 학교 수영장이랑 똑같다고 생각해서 우습게 봤는

데, 차갑지도 않고 뜨겁지도 않은 게 딱 좋아!"

"네네, 해설 끝."

꺄악 꺄악 나츠미가 즐거워하며 파도에 몸을 맡기고 가볍게 헤엄치기 시작했다.

아니, 여긴 헤엄치는 곳이…….

어라, 그러고 보니 나의 여신님은……?

난간을 붙잡고 천천히, 천천히 물에 들어오고 있었다.

할머니같이 느린 움직임이었다.

"기, 기, 기다려, 지, 지금 갈게."

아 그러고 보니 히이라기쌤은 수영을 못 하지.

가까이 가서 손을 잡아 주었다.

수영을 못 한다는 건 어쩌면 물속에 있는 것 자체를 무서워할 수도 있다는 말이다.

"잡았다."

"아, 응……♡"

천천히 천천히 아래로 내려온 히이라기쌤을 잡아 주었다.

변함없이 부드러운 히이라기쌤의 몸은 안는 느낌이 발군이었다.

정작 본인은 내 팔에 꼬옥 달라붙어 무슨 일이 있어도 떨어지지 않도록 잡고 있다. 생명줄이나 마찬가지라고 생각하는 듯하다.

그건 괜찮지만 수영복 너머로 탱탱한 가슴의 감촉이 팔

에……!

풀장 안이라 다행이다…….

"하루카 괜찮아. 발이 닿는 높이니까 천천히 걸어봐."

"그, 그래……? 노, 놓으면 안 돼?"

히이라기쌤이 독수리에게 노려지는 작은 동물처럼 엄청나게 떨고 있다.

자신이 헤엄치지 못하는 걸 알고 있었으면서 왜 풀장에 가자고 한 걸까.

파도 풀을 빙글빙글 돈다. 그저 그뿐인데도 재미있다.

손을 잡고 같이 걷는 여자 친구가 있기 때문이겠지.

인싸라고 한 소리 들어도 불평 못 하겠네…….

오히려 세상의 인싸 녀석들은 이런 경험을 하면서 어른이 되는 건가……?

——변변찮군!!

"풀장은 나츠미가 오자고 한 거야?"

"으으응, 내가 그랬는데."

"어, 왜?"

"에에엣……? 까먹은 거야?"

"뭘? 내가 무슨 말 했어?"

"풀장 수업시간에, 제대로 된 수영복을 사서 보여주겠다는 이야기."

아아, 그러고 보니 그런 이야기를 했었지.

"아, 그 표정은 까먹은 표정이지-?"

그 말은 나에게 보여주기 위해서 수영도 못하면서 일부러 수영장에 왔다는 건가.

나는 집에서 패션쇼를 보여주는 걸로도 충분했는데.

"푸핫." 나츠미가 가까이에서 얼굴을 내밀고 히이라기쌤이 있는 반대편으로 왔다.

"하루짱이 엄청나게 기대하고 있었어. 수영복 고를 때도 얼마나 기합이 들어가 있었는데."

"냐, 나츠미!"

키득키득 웃더니 나츠미는 다시 퐁당 물속으로 들어가 버렸다.

……재는 뭐지, 물의 주민?

"정말……."

"기대하고 있었어?"

비밀을 들켜버린 히이라기쌤이 입술을 꼭 다물고 볼을 부풀리고 있다.

"……그, 그럼. 세이지와 어딜 갈 때는 어디든 기대하고 있으니까! 헤엄은 못 쳐도 풀장에 오는 게 엄청 기대된다고."

아, 뻔뻔하게 나오신다.

"세이지는 기대되지 않았어?"

"기대됐지, 하루카의 수영복이."

"어때, 이거? 엄청 오래 고민해서 고른 거야."

"잘 어울려."

에헤헤, 정말로 부끄러워하는 히이라기쌤. 조그맣게 "어떡하지? 세이지에게 키스하고 싶어졌어……"라고 말하는 게 들렸다.

"……나중에."

"에에에엣?! 내가 방금 말했어?!"

아우우우…… 히이라기쌤이 손으로 머리를 감쌌다.

그 뒤, 나츠미의 눈을 피해 인적이 없는 곳으로 간 우리는 엄청나게 키스를 했다.

55화 • 풀장 2

"하루짱…… 절대로 빈집털이 군의 곁에서 떨어지지 않네…… 철저하네."

"어, 그랬어? 항상 이러는데?"

나도 언제나 이런 상태라서 나츠미가 말하기 전까지는 깨닫지 못했지만, 확실히 우리는 딱 붙어 있었다.

놀다 지친 우리는 풀 사이드에서 사온 야키소바와 타코야키를 셋이서 먹고 있었다.

"내가 도시락을 싸왔으면 좋았을 텐데……."

"하루짱, 이런 것도 맛있어. 이 싸구려틱한 맛이 좋다고 할까."

'그런가' 하며 히이라기쌤이 고개를 갸웃했다.

야키소바와 타코야키의 맛은 흔히 짐작 가능한 수준이지만 이렇게 먹는 쪽이 좀 더 놀러왔다는 기분이 나기는 한다.

쓰레기를 버리려고 자리를 떴는데 길모퉁이에서 누군가와 부딪혔다.

"으앗?!"

"꺄악!"

"죄송합니다, 괜찮으……세요, 엇……."

내 눈앞에서 엉덩방아를 찧은 것은 사나였다.

"저. 저. 저, 저, 저, 저야말로, 죄, 죄송합니다……앗."

낯가림 모드 전개로 내 쪽을 보려고도 하지 않는다.

굴곡 없는 몸매에 오늘은 수영복을 입고 있다.

이 녀석…… 왜 이런 곳에……?!

아, 그러고 보니 오늘은 놀러 간다고 했나 어쨌나 그랬지…….

내가 빙글 뒤를 돌아선 찰나, 어렴풋이 사나가 힐끗 이쪽을 보는 것이 느껴졌다.

"어라. 오빠?"

"아니, 아닌데요……."

"오빠 맞잖아, 등에 있는 점이 딱 오빠 맞는 걸."

단념한 나는 발걸음을 멈췄다.

"뭐 하는 거야, 이런 곳에서?"

"사나는 카나짱과 놀러 왔을 뿐이다 뭐. 오빠야말로 친구도 없으면서 뭐 하러 온 거야?"

"너는 꼭 한 마디가 많더라."

그렇다, 내 친구라고 할 만한 녀석은 후지모토뿐이다. 아슬아슬하게 친구 라인에 들었다.

아 위험해. 나 히이라기쌤과 나츠미랑 함께 왔는데.

히이라기쌤은 변장 도구도 아무것도 안 가져 왔는데-아니 잠깐.

내가 히이라기 자매와 우연히 만났다고 하면 되는 건가?

"누, 누구랑 온 거야……? 설마, 혼자서 왔다고 하진 않겠지……?"

사나가 눈을 가늘게 뜨고 의심의 눈초리로 나를 바라본다.

"뭐, 뭐 어때서? 혼자서 고고하게 헤엄이나 쳐볼까 해서."

"흐, 흐응…… 오빠가 혼자 쓸쓸해 보이니까…… 특별히 사나 쪽에 끼워줄 수도 있는데? 특별히 말이야, 특별히."

사나는 다정한 건지 놀리는 건지 아직 잘 모르겠다.

하지만 여기에서는 단호하게 끊어야지.

"괜찮아, 생각해주는 마음만 받을게."

"마, 마음만 받는 건 뭐야, 별로 이상한 꿍꿍이가 있는 것도 아닌데."

이 녀석은 뭘 얼굴까지 빨개지고 그러나.

"빈집털이 군, 뭐하고 있어? 하루짱이-."

우오오오오오오?! 이 상황에서 가장 상대하기 까다로운 사람이 왔다아아아아아?!

두 여동생이 만나는 순간이다.

사나를 보고 나츠미가 나에게 차가~운 시선을 보냈다.

"이건, 누구?"

"다……다, 다…………다, 다, 당신이야말로 누, 누구십니까…………?"

사나의 낯가림이 발동해서 존댓말을 하고 있다.

스스스스스, 사나가 내 뒤로 숨었다.

"이 녀석은 내 여동생이야……, 방금 딱 마주쳤어."

"아, 뭐야, 그런 거구나, 다행이다."

생글 나츠미에게 미소가 돌아왔다.

……바람피우는 상대라고 착각했나?

"오빠, 이 말버릇 안 좋은 여자는 누구야? 혼자서 온 거 아니었어……?"

나는 나츠미에게 눈짓을 보냈다.

나와 히이라기쌤의 관계는 누구에게도 들켜서는 안 된다는 기본적인 규칙을 확인한 것이다.

깜빡깜빡 두 번의 윙크로 알았다는 신호를 보내는 나츠미.

"나는 신쵸우칸 여학원 고등부 3학년인 히이라기 나츠미."

흥하고 나츠미가 아가씨다운 태도를 보이면서 머릿결을 찰랑 쓸어 넘겼다.

평소 이런 성격이 아니라서 일부러 연기하고 있다는 것을 알았다.

"신쵸우칸이면 엄청 아가씨 학교……, 사나다 사나입니다……. 바, 반가워요. 사나는 하스모리 고등학교……오빠와 같은 학교의 1학년에 다니고 있어요."

더듬더듬 거리며 사나가 자기소개를 했다.

그래그래, 옛날에는 처음 만나는 사람과는 인사도 못 하고, 제대로 대화도 못 했는데 많이 성장했구나…….

가슴은 별로 성장하지 않았지만.

"그게, 나츠미는 히이라기쌤의 여동생이고, 오늘 둘이서 놀러 왔다는 거 같더라. 그래서 혼자서 고고하게 수영을 즐기려던 나와 저쪽에서 우연히 만났어."

'난처하구만 하하하하' 하고 내가 웃어넘기자 사나가 뚫어져라 나츠미를 보았다. 나츠미도 그 시선에 마주 바라보았다.

"그렇구나아…… 이런 침입 방지용 적외선 센서 같은 여동생이 있어서 빈집털이 군은 그동안 여자 친구가 생기지 않았던 거구나. 하루짱도 힘들겠어……."

"적외선 센서가 누구야?"

이번에는 히이라기쌤이 나타났다.

"아, 사나잖아?! 안녕. 오늘은 어쩐 일이야? 이이랑 같이 왔어?"

출렁출렁 흔들리는 것을 흔들면서 걸어오는 히이라기쌤을 보고 사나가 부들부들 떨기 시작했다.

"뭐, 뭐야, 저거……. 선생님…… 가슴…… 엑, 말도 안 돼."

조물조물 사나가 자기 가슴팍을 만졌다.

사나 안타깝지만 몇 번을 만져도 없는 건 없는 거야.

너의 가슴은 아스팔트 포장된 풀 한 포기 나지 않는 불모지란다.

"응, 그쪽 여동생의 기분은 나도 동감해……."

시무룩 나츠미도 어깨가 축 처졌다.

얼굴은 닮았는데 체형은 그렇게까지 닮지 않은 자매다.

"어 그게, 카나가 나중에 온다고 해서…… 사나도 지금은 혼자……있거든."

"지금 혼자 있어?"

"……오, 오빠랑 상관없잖아……."

뾰로통 입술을 뾰족하게 내밀고 외면한다.

심심하겠구나 싶어서 이쪽에 끼워주려고 했더니 이 자식…….

"사나만 괜찮으면 우리랑 같이 놀래?"

내 의도를 알았는지 히이라기쌤이 사나에게 권했다.

눈이 마주치자 입 끝으로 살짝 미소짓는다.

역시 내 마음을 잘 아는 히이라기쌤.

"괜찮다면 나도 좋지만……."

"하루짱이 좋다면 뭐, 그럼 여동생도 같이 와, 놀자."

덜컥 덜컥 덜컥 양철 인형처럼 사나가 고개를 끄덕였다.

이런 식으로 노는 데에는 익숙하지 않겠지.

이렇게 말하는 나도 사나의 입장이었다면 꽤 긴장될 것 같다.

나츠미가 사나의 손을 잡아끌고 걷기 시작했다.

빙그레 웃으며 히이라기쌤이 두 사람의 모습을 지켜본다.

"잘됐네 사나."

"왠지 미안하네, 모처럼 풀장에 놀러왔는데."

"사과할 것 없어. 세이지가 여동생을 위하는 착한 오빠라는 걸 알아서 기쁜걸."

우리도 사나와 나츠미의 뒤를 따랐다.

"여동생을 위해 주는 게 기뻐?"

"여동생이라서가 아니라 가족을 소중하게 생각하는 사람에겐 호감도가 올라가지."

잘 모르겠지만 그렇다고 한다.

워터 슬라이드에 도착했다.

꽤 높은 데다 빙글빙글 천천히 돌아가면서 아래로 떨어지는 타입이었다.

사람이 많았으면 오래 기다려야 했겠지만, 오늘은 대기 시간 없이 순조롭게 탈 수 있었다.

두 사람이 하나의 구명보트를 타고 미끄러져 내려가는 식인 듯.

"여기서는…… 남매와 자매가 각각 타면 좋지 않을까……."

스슥 사나가 나에게 다가와 슬쩍 조심스럽게 팔짱을 꼈다.

"무슨 소리야 이럴 땐 여동생끼리 타야지."

오오, 역시 눈치가 좋아.

나를 엉덩이로 툭 쳐서 밀어낸 나츠미가 사나에게 달라붙었다.

"사, 사나랑 나츠미는 오늘 처음 만났는데 같이 탈 수 없어. 부끄럽단 말야."

"부끄럽긴 뭘, 괜찮아. 괜찮아. 부드럽게 대해줄게♪"

"사나의 정조가 위험해."

위험하긴 뭐가. 그냥 미끄러져 내려가면 되는데 뭘 상상하는 거야.

빙글빙글 웃는 나츠미.

"아 그렇구나! 그래, 여동생은 좋아하는 오빠랑 같이 타고 싶은 거구나? 미안, 내가 눈치가 없었지."

"흐, 흐응, 사나가 오빠랑 같이 타고 싶어 하다니 있을 수 없는 일이에요. 오빠가 얼굴에 같이 타고 싶다고 써 있어서 그냥 말해본 것뿐이에요."

"있을 수 없는 일이면 잘됐넹. 나랑 같이 타자-."

사나의 가녀린 팔을 덥석 잡은 나츠미가 힘차게 사나를 끌어당겼다.

나츠미 녀석, 사나가 이렇게 말하기를 기다렸구나, 약삭빠르긴…….

하지만 우리들의 아군인 이상 굉장히 든든하다.

안타까운 눈으로 나를 계속 바라보던 사나는 '자자, 타자, 타자' 하는 나츠미의 재촉에 못 이겨 구명보트에 올랐다.

꺄-아, 나츠미의 즐거운 비명과 사나의 진심 어린 비명이 들렸다.

우와, 스피드 빠르네…….

직원 형님이 '앉아서 꽉 잡으세요' 하고 간단하게 설명했다.

"사나다 앞이랑 뒤, 어디 앉을래?"

"그러게……."

내가 앞에 앉아서 꽉 잡으려고 보니…… 그러면 분명 저 병기나 마찬가지인 가슴이 등에 닿겠지. 그렇게 되면 워터 슬라이드가 문제가 아니다.

"그럼 내가 뒤에 탈게."

"오케이♪"

보트의 앞에 히이라기쌤이 앉고 그 바로 뒤에 내가 앉았다. '더 가까이 앉으세요' 하고 직원 형님이 말해서 머뭇거리며 시키는 대로 좀 더 붙어 앉았다.

우우웅, 엄청난 밀착감. 히이라기쌤의 엉덩이와 내 사타구니가 붙어있다.

나의 실수! 이건 이것대로 히이라기쌤이 나의 변화를 바로 알게 될 위험성이?!

손잡이 부분을 꽉 쥐었더니 히이라기쌤이 소근소근 속삭였다.

"워터 슬라이드잖아. 약간의 사고가 있어도 선생님은 화내지 않을 거니까, 괜찮아."

사고……? 무슨 말이지?

내가 고개를 갸웃하는 사이 뒤에서 직원 형님이 떠밀어 순식간에 미끄러져 내려갔다.

우오오오, 생각보다 더 빨라?! 이러면 비명을 지르는 것도 이해가 간다.

자세가 무너지면서 꽉 쥐고 있던 손잡이를 놓쳐 버렸다.

위험해, 보트에서 떨어질 것 같은데-하고 무의식중에 히이라기쌤에게 매달렸다.

뭉클.

어라-.

뭉클뭉클.

설마 이 감각은-?!

어떡하냐, 부드러워어어!!

아니 내가 이럴 때가 아니지!!

"흐으우……읏."

히이라기쌤이 수치심에 괴로워하고 있어?!

어떻게든 처음 자세로 돌아가야.

그런 나를 비웃듯이 코스는 점점 더 격렬함을 더하고 있었다.

아, 안 돼, 지금 처음 자세로 돌아가려다가 내가 코스에서 떨어지겠어!

"흐우……읏."

히이라기쌤이 수치심에 괴로워하고 있어?!

그래, 계속 비벼대고 있었지!!

그보다 아, 나의 대장님이!

수영복 밖으로 코스 아웃하려고 일어서고 계시는데요!!

누가 좀 도와줘!

10대의 몸이란, 반응 너무 빨라!

이렇게 되면 히이라기쌤을 잡은 손을 아래로 미끄러뜨려서.

"배, 배는 안 돼에에에에에에에에에에에에?! 배 나왔단 말이야아아아아아!"

"괜찮아! 살찐 것도 귀여우니까."

"살쪘을 때는 그런 말 안 했었잖아! 그러니까 안 돼"

꽤나 예전 일인데 잘도 기억하네!

"이 손은 어떻게 해?!"

"『사고』니까 괜찮아. 아, 그렇지만 엉덩이에 닿는 건…… 그건 좀 아웃이니까, 어떻게 좀 해에에에에에에."

히이라기쌤이 수치심에 괴로워하고 있어?!

"우리 대장님이 실례가 많습니다!! 이건 어떻게도 할 수가 없어요오오오오오!!"

점점 더 위험해진다. 히이라기쌤의 긴 머리에서는 좋은 향기가 풍기고, 색기가 감도는 목덜미가 눈앞에 있는데다 손은 이미 도원향에…….

아, 나 오늘 죽는 건가? 라고 생각한 순간 첨벙, 물속으로 내던져 졌다.

물에서 고개를 내밀자 히이라기쌤이 보이지 않았다.

어디지……?

아, 혹시 뒤집힌 보트 아래에 있나?

헤엄쳐 다가가보니 예상대로 히이라기쌤이 있었다.

"흐우……세이지에게 이런저런 일을 당했어……."

생각이 나서 양손으로 얼굴을 감싸 쥐었다.

"아니, 그, 미안. 반쯤은 사고였으니까……나머지 반은 그 생물로써 어쩔 수 없었다고 할까."

"사고는 괜찮아…… 하, 하지만 그렇게 오랫동안 사고가 일어날 거라고는 생각지 못했으니까. 나도 놀라서…… 다음에는 세이지가 앞에 타!"

"으, 응…… 대장님과 관련된 건 어떻게 힘내 볼게……."

다음에 탈 때는 등에 가슴이 엄청나게 닿았다.

대장님과 관련해서는 역시나 아무것도 할 수 없었다.

56화 • 풀장 3

나는 대장님을 진정시킨 후에야 겨우 풀장 밖에서 나올 수 있었다.

"사나의 가슴을 만질 필요는 없었잖아!"

"아니- 그건 불가항력이었잖아, 그렇게 화내지 마."

말다툼하는 분위기지만 사나와 나츠미도 많이 친해진 것 같다.

"응응……, 하루짱이 더 여유있고 풍만하니까…… 빈집털이 군은 글래머가 좋은 걸까?"

어이, 이상한 분석은 그만둬.

내가 히이라기쌤을 좋아한다는 둥 그런 건 말하면 안 되니까.

가슴이 큰 것은 결과적으로 그렇게 된 거고 피부가 새하얗고 매끈하다던가 다리가 예쁘다는 것도 다 똑같이 결과론적인 이야기이다.

그것 때문에 좋아하는 게 아니다.

……그저…… 애인의 그런 부분이 크고 예뻤을 때 더 좋은 것은 사실이지만.

"빈집털이 군, 이번에는 나랑 탈래?"

"다, 당신……."

"나츠미라고 불러도 돼, 사나짱."

"나, 나츠……나짱은 오빠랑 관계없잖아?"

그래, 사나, 이해한다, 이해해. 처음 만나는 사람을 이름으로 부르려니 쉽지 않겠지. 그쪽이 괜찮다고 해도.

"그럼 선생님은 사나랑 탈까?"

"어, 사나는…… 오빠랑 타는 게…… 아-."

히이라기쌤이 사나를 반강제로 워터 슬라이드 타는 곳까지 데려갔다.

"하루짱도 사나랑 사이좋게 지내고 싶은가 봐."

위에서 누가 앞에 타고 누가 뒤에 탈지를 가지고 싸우는 두 사람을 보면서 나츠미가 히죽 웃었다.

"그래서 하루짱의 가슴은 어땠어?"

"헛?! 어땠냐니, 뭐가?"

"처음에 만지면서 내려갔잖아? 나 보고 있었거든. 노닥거리는 것까진 백보 양보해서 괜찮다고 해도 보는 사람이 많은 곳에서 가슴을 막 만지는 건 과연 어떠려나-?"

쿡쿡 웃으면서 나츠미가 내 반응을 살피고 있다.

놀리고 있군, 이녀석.

"사고였어, 사고. 본인도 그렇게 말했잖아."

"하루짱이 엄청 즐거워했으니까, 별로 신경 안 써."

"그렇게 말하면 만져줘서 좋아했다는 것처럼 들리는데?"

"그런 의미도 있지."

"그런 의미도 있냐."

'사고니까 어쩔 수 없지, 괜찮아'라고 말하기도 했고……,

히이라기쌤 의외로 스킨십을 좋아하나?

꺄아–, 즐거운 비명과 함께 사나와 히이라기쌤이 워터 슬라이드를 타고 있다.

히이라기쌤은 즐거워 보이지만 사나는 왠지 기운이 없어 보였다.

"앞을 고르는 게 아니었어……, 생물로서 내가 얼마나 부족한지 깨닫고 말았어……."

내가 두 번째 탔을 때와 마찬가지로 등에 가슴을 엄청나게 부딪쳤나 보다.

그 뒤 약간 쉬는 시간을 보내고 다음에는 파도 풀에 가보기로 했다.

이런 풀장은 처음인데 진짜 바다처럼 밀려왔다가 밀려가는 파도가 치고 있었다.

히이라기쌤은 빌려온 튜브까지 끼고 즐길 생각이 가득해 보였다.

"가자, 사……세이지."

"네에, 네에."

히이라기쌤이 내 손을 잡고 첨벙첨벙 물속으로 들어갔다.

"기, 기다려……, 사, 사나도……."

"내버려둬도 괜찮아. 그보다 나는 사나랑 놀고 싶은데–?"

오오, 언니를 생각하는 여동생이 또다시 도움의 손길을.

나츠미 필터가 발동했다.

"나……나짱이 그렇게 말한다면 사나도 같이 놀기 싫은 건 아니니까…… 할 수 없네……."

그렇게 말하면서도 나츠미와 친구가 될 것 같아 기쁜지 사나가 나츠미를 따라갔다.

"나츠미에게는 나중에 보답을 해야겠어."

"그렇네."

둥실둥실 튜브를 타고 떠다니는 히이라기쌤을 붙잡고 있는데 직원 누나가 확성기를 손에 들고 방송을 했다.

"……다음은, 큰 파도가 옵니다……."

……어디서 들어본 목소리……, 아니 카나타잖아.

저 녀석 뭐하는 거야. 직원용 모자를 쓰고 티셔츠까지 입고…….

아, 풀장에 온다는 게 손님이 아니라 아르바이트로 온다는 말이구나,

안내 멘트가 적혀 있는지 손에 든 카드를 슬쩍슬쩍 보면서 파도풀에서 노는 손님들에게 방송을 하고 있다.

"……저희 수영장의 파도는 약간 강한 편입니다. 어지간한 바다보다도 강합니다."

얼마나 세길래.

"……1미터를 넘는 파도도 있기 때문에 그때에는 사전에 안내해 드리겠습니다. 그리고, 커플은 가능한 한 떨어져 주십시오. 개인적인 바람입니다."

마지막 건 네가 원하는 거잖냐.

"그럼 여러분…… 즐겁게 보내시기 바랍니다……냐, 냥……."

우와-. 시켜서 하는 느낌이 가득한 멘트다.

"어쩌지 세이지, 이이가."

"괜찮아, 내가 카나타의 위치를 파악해서 하루카 뒤로 숨을 테니까."

히이라기쌤의 튜브를 빙글빙글 돌리면서 내가 카나타에게서 숨는 데 열중하고 있을 때

"세이지, 세이지!"

"왜, 지금 좀 바쁜데-."

"파도가."

어? 눈치챘을 때는 이미 늦었다.

어느새 거대한 파도가 밀려오고 있었다.

"으갸?!"

"후냐앙?!"

쏴아아아아, 단번에 휩쓸린 나는 용서 없이 물속으로 잠겼다.

팔랑~ 나비같은 것이 보여서 무의식중에 잡았다.

하얀 비키니였다.

어라? 히이라기쌤은?

물 위로 고개를 내밀었지만, 튜브는 이미 비어있었다.

"푸우, 어푸, 어푸풉……."

첨벙첨벙 팔을 엉망진창으로 허우적거리는 히이라기쌤

이 있었다.
제대로 빠졌어어어어어어?! 다리도 닿는데!
"괜찮아, 진정해!"
가까이 가서야 히이라기쌤이 상반신에 아무것도 걸치지 않은 상태라는걸 알았다.
내 손에 있는 하얀 비키니는 혹시…….
아, 방금 아무것도 걸치지 않은 가슴이…….
이거 히이라기쌤 건데에에에에에에에에?!
튜브가 포옹 빠질 때 끈이 걸린 건가?
빠지려는 걸 구해주는 게 먼저인가?! 아니, 이대로 밖으로 데리고 나가면 히이라기쌤의 가슴이 대중의 면전에 드러나게 되는데……!
—동시에 하면!
가슴도 히이라기쌤도 구할 수 있어!
첨벙첨벙 물을 치고 있는 히이라기쌤을 껴안았다. 히이라기쌤의 머리가 물보다 약간 위로 올라왔다.
"하루카, 나를 봐."
"아우, 어푸, 아푸…… 좋아해."
빠지는 와중에 사랑 고백하지 말아요.
안고 있는 건 괜찮은데 벗은 가슴이 봐주지 않고 그 존재를 주장했다.
이 제멋대로인 몸매가!
어쩌지? 비키니는 어떻게 입히는 거야?!

"안 돼, 아직 세이지와 결혼도 하지 않았는데…… 죽을 수 없어……!"

"정말 이제 그냥 숨 쉴 수 있잖아? 심호흡하고 스읍- 푸하-, 스읍- 푸하—아응?!

히이라기쌤이 버둥거리며 몸부림치는 바람에, 나의 고간에 히이라기쌤의 무릎인지 발끝인지 뭔지가 크리티컬 히트했다.

쿠앙-, 묵직한 소리가 머릿속에서 울렸다.

"끄으윽……."

"어, 어라? 숨 쉴 수 있네?"

멍하니 있는 히이라기쌤.

그 옆에서 건강하던 대장님이 점점 작아지고 있다.

'굿' 하고 엄지손가락을 쳐든 대장님이 희미하게 내 머릿속에서 사라져간다.

왜일까, 의인화한 대장님은 하드보일드에 나올법한 아저씨였다.

“서, 선생님……진정했으면
이거……, 지금 모습이
엄청나니까……”
아파서 눈에 눈물이 맺힌 내가
비키니를 넘긴다.
Illustrations copyright © Yasuyuki

"꺄악?!"

히이라기쌤이 파앗 자기 몸을 감싸 안았다.

"어, 어쩌다 벗겨졌나 봐……."

"주워준 게 세이지라서 다행이야……. 어, 어라? 왜 그렇게 많이 가지고 있는 거야?"

"많이?"

잘 보니 내 팔에 비키니 상의가 여러 개 걸린 채 팔랑팔랑 헤엄치고 있었다.

잉어 깃발인가 싶을 정도로 색색의 비키니들.

누구건데에에에에에에에에에에에?!

이, 이건 위험해……! 일부러 장난친 거라고 의심 받겠어……!

저 파도는 비키니를 얼마나 뺏어온 거야.

밝히는 초등학생 꼬마인가 싶을 정도로 악의가 느껴진다고!

"세이지…………."

"잠깐, 오해다! 그런 눈으로 날 보지 마!"

"풀장에 숨어 사는 요괴, 상의 도둑!"

"이상한 이름 붙이지마!"

이러저러하다고 설명을 해서 겨우 히이라기쌤의 이해를 얻었다.

내가 돌려주러 가면 괜히 오해만 살 것 같아서 자기 상의를 제대로 챙겨 입은 히이라기쌤이 튜브를 타고 발을 재개 놀려가며 피해자를 찾아 돌아 다녔다.

히이라기쌤…… 어린 여자애 같아서 귀여워…….

"나, 나, 나, 나짱…… 사나의 비키니 상의 못 봤어?"

"사나짱, 왜 떠내려갔어?"

"우으으으으으……."

"괜찮아, 괜찮아, 사나의 가슴은 없는 거나 마찬가지니까, 상의를 안 입어도 아무도 눈치채지 못할 거야."

"제대로 있거든! 없는 것처럼 말하지 마!"

글썽이는 눈으로 얼굴이 새빨개진 사나가 곤란해 하고 있었다.

사나도 무차별 변태 테러의 피해자였나보다.

"뭐, 내 것도 쓸려가 버렸지만."

너도 걱정 좀 해라!

튜브를 장비한 히이라기쌤의 수상 이동이 꽤 빨랐다.

히이라기쌤이 빨리 주인을 찾아준 덕분에 큰 소동이 되지 않았다.

그 후, 스파에서 개운하게 피로를 씻어낸 우리는 집으로 돌아갔다.

"이런저런 일이 있었지만 재미있었지♪"

돌아가는 차 안에서 히이라기쌤이 모두가 말하고 싶었던 말을 대신했다.

즐거웠지만 나에게는 히이라기쌤의 가슴만이 인상에 남았다.

57화 • 여름방학 숙제

"어떤 느낌이야?"

"으음…… 뭐어, 조금씩……."

"그렇구나! 힘내!"

"……응, 고마워……."

나는 건성으로 대답하면서 여름방학 숙제로 나온 문제집을 풀고 있었다.

"커피 줄까? 홍차가 더 좋아?"

"지금은 괜찮아, 고마워."

어제 내가 집이 너무 더워서 도서관에서 과제를 하겠다고 하자 히이라기쌤이 '우리집에서 하면 돼'라고 한 것이 발단이 되었다.

하지만, 히이라기쌤은 출근하지 않아도 괜찮은 건가……?

"아, 세이지 지금 '하루카 한가해 보이네' 하고 생각했지, 이래보여도 한가하지 않거든!"

히이라기쌤이 '짜잔' 하는 소리라도 날 것처럼 의기양양한 표정으로 출근용 가방에서 노트북을 꺼내 내 건너편에 자리를 잡았다.

"세이지 오늘은 일요일이거든?"

"아아…… 그렇구나."

나는 의욕 없이 대답하면서 고전 문제를 풀고 있었다.

"아까부터 세이지의 반응이 미지근해…… 매우 슬프도다!"

"시끄러워……."

"네에……."

타닥타닥 키보드를 치면서 선생 일에 관해서 설명을 해주었다.

"개인정보가 들어있는 건 밖으로 가지고 나오면 안 되지만 채점이나, 문제 만들기나, 자료 만들기 등등은 집에서 해도 괜찮아."

"……."

"무, 무시하다니…… 매우 슬프도다!…………."

기본 과제는 수학, 고전, 세계사, 영어, 생물 다섯 과목이었다.

초등학생 때처럼 자유 연구나 그림을 그린다든지, 독서 감상문 같은 그런 귀찮은 숙제는 없다.

하지만 이 숙제가 분량이 꽤 많았다.

편차치가 아주 약간 높은 우리 학교는 개학과 동시에 진로를 어떻게 할 것인지 계속 물어보는 데다 개학하자마자 시험도 친다.

지금 나는 고2로 돌아와서 좋은 일만 있는 건 아니라고 체감하고 있었다.

히이라기쌤이 지그시 이쪽을 보고 있어서 나는 엉겁결에 손을 멈췄다.

"왜 그래?"

"으으응, 진지한 눈빛이 멋지구나 싶어서."

"그, 그래……?"

"그래."

그러고 보니 나도 그런 생각을 한 적이 몇 번이고 있었다.

세계사 수업 중에, 히이라기쌤 열심히 하는구나 싶어서 자리에서 멍하니 바라보곤 했다.

"그런데 세이지 컴퓨터 잘 알아?"

"잘 안다고 자신할 정도는 아니고 그냥 남들만큼?"

빙글 히이라기쌤이 노트북을 이쪽으로 돌렸다.

"엑셀인데……, 여기를 좀 더 괜찮은 느낌으로 다듬고 싶은데……."

이렇게 저렇게 설명을 들어보니 아무래도 자료를 만들고 있는데, 데이터를 표로 만들어서 정리하고 싶은 듯했다.

"아아, 그럴 때는……."

노트북을 원래대로 돌리고 히이라기쌤 옆에 앉았다.

여기저기 화면을 가리키면서 알려 주었다.

"아, 됐다! 세이지 대단해!!"

"아니, 내가 대단할 건 없는데, 대단한 건 엑셀이지."

"겸손하긴."

'정말'이라고 하면서 히이라기쌤이 만지작만지작 내 뺨에 장난을 쳤다.

"아, 좀."

내가 싫어하자 히이라기쌤이 풀이 죽었다.

"아…………미안."

아, 위험, 너무 심하게 말했나…….

……아니, 하지만 나는 오늘 과제를 하러 도서관에 가려고 했는데…….

오늘 여기에 온 것도 히이라기쌤이 학교에 일하러 간 줄 알았기 때문이지, 설마 집에서 일을 할 거라고는 생각지 못했다. 일요일인 걸 깜빡했다.

히이라기쌤은 있으면 있는 대로 놀아주길 바라는 강아지처럼 장난을 걸어온다.

수업 중이었으면 화낼 정도의 레벨이다.

"……."

"……."

신경 쓰이네…….

사실 오늘 숙제가 어느 정도 마무리되면 밤에 놀러 가자고 권해볼 예정이었다.

아니, 하지만 히이라기쌤은 공부 중인 나를 너무 방해해. 자꾸 말 걸고.

약간은…… 정말 아주 약간이라도 반성하게 두자.

흘깃 나를 보고 시무룩해지는 히이라기쌤.

"…………."

"…………."

신경쓰이네…….

하지만 여기서 내가 굽혀주는 건 아닌 것 같다.

……어? 혹시 내가 너무 완고한가? 아냐, 아니지, 이건 확실히 다른 이야기야.

사과하기 싫어서가 아니다.

슬쩍, 다시 나를 보더니 시무룩, 입을 꾸욱 다문다.

…….

아니, 내 말도 심하긴 했어.

젠장, 이게 뭐야. 문제집에 전혀 집중을 못 하겠잖아.

"…………나, 침실에 있을게. …………혹시 무슨 일 있으면 불러."

한 번도 보지 못한 기운 빠진 모습으로 히이라기쌤이 컴퓨터를 들고 침실 안으로 사라졌다.

으그그그그…… 죄책감이 나를 짓누른다……!

이럴 때 상담할 만한 사람은 나츠미뿐이지.

하지만 연락처를 모르는데…….

『이런 경우는 그 친구가 잘못한 걸까?』

아는 친구의 일이라고 하면서 자초지종을 설명한 고민 상담 메일을 후지모토에게 보냈다.

20초 뒤에 답장이 왔다.

빨라.

후지모토, 엄청 한가하구만.

『아— 미묘한데! 그보다 여름방학에 여친 집에서 숙제하는 녀석 따윈 죽어버리면 좋을 텐데…….』

아, 안 돼. 후지모토가 다시 다크사이드로 떨어지려고 한다.

그런가, 여친 없는 녀석이 보기엔 사치스런 고민이라는 건가…….

이전에 보낸 고2 여름 방학은 적당히 숙제를 해치우고, 밤낮으로 RPG 게임을 했었지…….

여름다운 일은 하나도 하지 않고 틀어박혀서 게임 삼매경이었다.

어떤 의미로 여름방학답긴 하지만.

뭐, 아싸의 여름방학이란게 다 그렇지.

그 생각을 해보니 이번 고2 여름방학은 굉장히 인싸스럽게 보내고 있었다.

『그 여친이 연상의 미인이라는 것 같아.』

『죽어라아……』

좀만 더 놀려야지.

『글래머 미인에 각선미가 끝내주는 몸매라고 자랑하더라.』

『죽으라 그래……, 그 자식 대체 누구냐고…….』

저입니다만.

『혼자 사는 여친 집에 죽치고 들어앉았다는 듯.』

『여름방학이라고 섹스하는 거 아니냐……, 반드시 죽인다…….』

아직 거기까지는 안 했는데.

딱 좋을 정도로 후지모토가 열 받았다.

『다음에 나와 눈이 마주친 녀석을 죽여버리겠어…….』

도망쳐, 후지모토 근처에 있는 사람들.

놀릴 만큼 놀려서 이제 만족했다.

역시 평범한 고2라면 당연히 부러워할 만한 상황이다.

머리는 충분히 식혔다.

『어이, 친구가 아니라 사나다 네 이야기였다는 뻔한 결말은 제발 아니겠지?』

…………

『그럴 리가 없지 않나, 동지여.』

『그렇지ㅋㅋㅋㅋ. 너 같은 녀석에게 여친이 생길 리가 없는데ㅋㅋㅋ.』

『지금부터 너에게 마지막 충고를 보내마…… 밤거리를 다닐 때는 뒤를 조심하도록.』

『덤벼 보시지이이.』

침실 쪽을 뒤돌아보았지만 아무 소리도 나지 않았다.

혹시 침대 안에서 울고 있는 건 아니겠지……? 그래, 나이도 먹을 만큼 먹은 누님이 그건 아니지.

똑똑 침실 문을 노크했다.

"하루카?"

"……."

문 너머에서 무슨 소리가 들렸다.

"좀 전에는 내가 말이 너무 심했어……저기, 미안해……."

끼익, 문이 아주 조금 열리더니 히이리가쌤의 얼굴이 살짝 보였다.

“으으응…… 나도, 미안해. 내가 너무 귀찮게 굴었던 거 같아…… 공부하는데…….”

눈가가 살짝 빨갛다.

“울었어?”

“아, 안 울었어…….”

“정말로?”

“조금은.”

역시 울고 있었네.

학교에 있을 때 히이라기쌤은 똑 부러지는 누님처럼 보인다.

하지만 내 앞에서는 정신적으로 어려지는 것 같다.

“세이지가 가까이 있으면 자꾸만 말 걸고 싶고 만지고 싶어져서…….”

“좋아하는 애가 생긴 초등학생 같아.”

“우으~ 받아칠 말이 없어…….”

히이라기쌤이 입술을 삐죽 내밀고 눈을 내리깔았다.

“하지만 이렇게 좋아하게 된 것 자체가 처음이니까…… 초등학생처럼 굴어도 용서해 줄 거지……?”

윽, 귀여워…….

지금 문을 열면 러브러브 모드에 들어갈 것 같으니 참자, 참아.

"밤에 하루카랑 같이 가고 싶은 장소가 있어…… 그때까지 숙제가 어느 정도 마무리되면, 말이지만."

"어, 뭔데? 어디?"

"산 정상 쪽인데, 여름에는 별이 깨끗하게 잘 보이거든."

"로맨틱해! 가고 싶어!"

"그러니까 우리 둘 다 그때까지 일이든, 숙제든 제대로 마무리 짓자?"

"응, 열심히 할게! 그런 거라면 선생님이 엄청나게 본 실력을 발휘할게!"

히이라기쌤은 나와 노는 일에 관해서는 굉장히 솔직하다.

아무래도 산만해지니까 히이라기쌤은 침실에 있고 나는 거실에서 공부하기로 했다.

겨우겨우 끝내고 나니 귀찮은 일을 끝냈다는 해방감에 잠시도 떨어지지 않고 평소보다 훨씬 노닥거렸다.

"열심히 한 세이지에게 상을 줘야지."

"어느 쪽인가 하면, 내가 주는 쪽인 거 같은 기분이 드는데."

"또 심술궂게……."

"싫어?"

불만스러운 듯 튀어나온 입술로 히이라기쌤은 나의 뺨과 목에 키스를 했다.

"……너무너무 좋아해♡"

동물들이 마킹하는 것처럼 키스 마크를 새기고, 새김당하기를 밤늦도록 반복했다.

집에 돌아왔을 때 사나에게 또다시 들키는 바람에 엄청나게 소독을 당했다.

58화 • 개인실에서 휴식

맴 맴 맴 매애애애애…….

매미의 울음소리가 더욱 시끄러워진 늦은 오후.

"세이지, 덥지……."

"응……, 완전 동감."

히이라기쌤이 손수건으로 우아하게 땀을 닦고는, 간호사가 외과 의사의 땀을 닦아주듯 내 이마의 땀도 닦아 주었다.

멀리 떨어진 마을에서는 변장 도구도 필요 없을 거라는 생각을 한 것이 악운의 시작이었다.

우리는 모르는 마을을 여기저기 쓸데없이 걸어 다니며 체력을 소진했다.

"어디 커피숍이든 뭐든, 시원한 곳으로……."

라고 말하면서 걷기를 이미 한 시간째.

땀을 닦아가면서 여기저기로 헤매고 있다.

"세이지, 저기. 두 시간 휴식에 1,900엔이래."

"뭐, 커피숍 찾았어?"

으으응, 히이라기쌤이 고개를 젓고 '저기 말야' 하면서 손가락으로 가리켰다.

히이라기쌤의 말대로 확실히 두 시간 1,900엔~이라고 적혀 있는 간판이 있었다.

하지만 시간당 돈을 받다니 뭔가 이상한데. 커피숍은 아니고……?

간판 가까이 가자 휴식 외에도 숙박, 프리 타임 등 색색의 가격표가 표시되어 있었다.

……응, 그럴 줄 알았다. 주변을 찬찬히 살펴보았다. 무기질적인 건물, 남국풍의 점포 같은 무언가가 있다. 공통점은 이 가게들이 모두 어디가 출입구인지 잘 모르게 되어 있다는 점이다.

"하루카, 여기는 혹시……."

"??"

역시 모르는군.

"하루카가 생각하는 쉬어가는 장소가 아니라……."

"찻집이나 카페도 안 보이고 어쩌면 여기가 더 저렴할 수도 있으니까 가자 가자♪"

내 손을 잡아 끌며 간판이 있는 건물로 들어가려고 한다.

휴식이라고 하면 휴식이 맞긴 한데, 그건 그냥 말이 그렇다는 거고 오히려 체력을 소진하는 휴식이라…….

알아보기 힘든 입구를 내가 찾아내자 히이라기 쌤이 척척 들어간다.

그럴 생각은 전혀 없을 테니까, 뭐 상관없으려나.

히이라기쌤이 나보다 먼저 나쁜 남자를 사귀지 않아서 다행이다.

"어라? 직원이 없네……?"

"그런 가게라서……."

"그런 거야……?"

"무인 노래방이라고 생각해봐."

"그렇구나!"

이렇게 말하는 나도 안에 들어와 보는 건 처음이다.

저거다, 그 소문으로만 듣던 방을 고르는 패널.

"하루카 여기서 어떤 방에서 놀지 골라야 하나 봐."

"호오~ 다양하게 잔뜩 있네……. 까맣게 표시된 방은 이미 누가 들어가 있는 걸까나?"

"그런 거 같아."

거의 서른 개가 넘는 방의 반 정도가 사용 중, 다들 정답게 즐기는 중이신가 봅니다.

여기에 온 것은 쉬기 위해서이지 히이라기쌤에게 다른 마음이 없는 것은 명백하다.

그래서 이상한 마음을 먹을 생각은 전혀 없었지만, 히이라기쌤과 이런 장소에 왔다는 것만으로도 이미 두근두근 거린다…….

'그럼 이거' 히이라기 쌤이 버튼을 눌러 열쇠를 받았다.

좁은 엘리베이터를 타고 방으로 향했다.

"두 시간에 1,900엔이라니 싸네–? 보통 커피숍에서도 케이크 세트에 뭔가 마실 거 시키면 그 정도는 나오는데."

"금전 감각은 제대로 있네…… 자취를 해서 그런가?"

"왜 그래?"

"하루카는 선생님인데도 상식이 너무 없어."

"상식 있거든-!"

입술을 삐죽 내밀고 있는데 미안하지만 이런 장소를 진짜로 휴게소라고 생각하는 시점에서 이미 상식이 없는 겁니다, 선생님.

문을 열고 방으로 들어갔다.

비즈니스 호텔방과 비슷하고 수상쩍은 분위기도 없었다.

나는 휴우 가슴을 쓸어내렸다.

"와! 굉장해! 침대가 있어, 침대! 게다가 큰 거로!"

그야, 있어야겠지…….

여행 온 아이처럼 히이라기쌤이 들떴다.

"TV도 게임도 있어! 여기는……."

벌컥 문을 열고 안을 확인한다.

"우와아아아아, 목욕탕이다. 되게 커, 세이지."

"아니……그야……당연히 있겠지……."

잘 생각해 보는 게 좋을까? 한 사람의 어른으로서.

하지만 순수하게 쉬러 온 거니까 지금 말하지 않아도 괜찮겠지.

삑, 히이라기쌤이 리모컨으로 TV의 전원을 켰다.

"지금 시간이면 드라마 재방송하고 있을 것 같은데, 재방송 보는 거 좋아하는데-."

『앗, 앗♡ 응, 응, 응, 아앙♡』

침대 위에서 여자가 문란한 행동을 하고 있었다.

삑.

처절할 정도로 빠르게 내가 TV 전원을 껐다.

"……."

히이라기쌤이 굳은 얼굴로 얼어 있었다.

""""……………….""""

불편한 공기가 흐른다.

침대 위의 TV 편성표를 보니 19금 AV채널이었던 듯.

"그, 그러고 보니 땀을 잔뜩 흘렸네…… 샤워나 할까……."

이 장소의 어색한 분위기를 견디지 못한 히이라기쌤이 다다다 문 건너편으로 사라졌다.

하아아아…….

너무 면역이 없어서 여기가 그런 장소라고 설명하면 기절할지도 모른다.

여기를 나간 뒤에 제대로 설명해 주자.

나는 히이라기쌤이 돌아오지 않는 것을 확인하고 다시 티비를 켰다.

히이라기쌤이 말했던 드라마 재방송으로 잽싸게 채널을 바꿔놓았다.

좋아, 이렇게 해놓으면 다시 TV를 켜도 불편해지지 않겠지.

………….

기다리는 것도 한가하고 여기서 히이라기쌤이 샤워를 한다고 생각하니 묘하게 두근거렸다.

히이라기쌤이 발견하면 곤란하니까 수상쩍은 물건은 내가 미리 찾아서 숨겨 놓아야겠다.

TV는 이미 어쩔 수 없다고 치고, 다른 이상한 아이템이 있지는 않으려나…….

진동하는 그거나 마사지 기계 같은 거.

침대 주변을 꼼꼼히 탐색했다.

이 침대는 아래에 서랍이 있는 타입 같았다.

손잡이 부분을 당겨서 열자 옷이 들어있었다.

세일러 복, 여경 제복, 간호사 유니폼 등등…….

코스프레 상품들이다.

우와아……, 하지만 입혀보고 싶어.

히이라기쌤은 제복을 입어도 잘 어울릴 거 같은데.

욕실에 침입해서 살짝 옷을 바꿔치기 했다.

화낼까……? 그렇게 되면 솔직하게 '보고싶었어요'라고 사과해야지.

"어라?! 내 옷이…… 제복으로 바뀌었어……?!"

옷은 갑자기 변신하지 않거든.

"아, 그치만 세일러복이네-♪ 학교 다닐 땐 블레이저 교복이었어서 입어보고 싶었어……스커트를 접어서……."

좋아하네.

입는구나.

저항 같은 거 없네.

내가 상상하면서 혼자 두근거리고 있는데 달칵하고 문

이 열렸다.

"이, 이상하지 않아……?"

부끄러워하면서 히이라기쌤이 나왔다.

상상대로다. 20대 초반이지만 아직도 아주 잘 어울린다.

"세일러 복 잘 어울려!"

"저, 정말?! 좋았어♪"

포니테일 미녀가 그 자리에서 뿅 점프했다.

가느다란 다리에 새하얀 허벅지, 여전히 미니스커트가 잘 어울렸다.

"아! 방금 '아줌마가 뭘 뿅하고 뛰는 거야'라고 생각했지?!"

뾰로통해진 여고생 히이라기쌤 때문에 나는 그만 쓴웃음을 지었다.

"아니야, 그런 생각 안 했어."

피부도 깨끗하고 머리를 묶고 있어서 청결해 보였다.

히이라기쌤이 원래 가지고 있던 아방하고 귀여운 느낌과 그 매력이 다섯 배는 늘어났다.

"밖에서 걸어 다녀도 전혀 위화감이 없이 없겠어. 여고생으로 착각하겠는데."

"아, 정마아아알 세이지 너무 띄워 주지 마! 아무리 그래도 여고생으로 보지는 않으니까!"

꺄악 거리면서 겸손하게 말하는 히이라기쌤은 속으로는 기쁜 것 같았다.

장소가 장소이고, 여고생 교복이 너무 잘 어울리다보니 장소에 어울리지 않는 느낌이 엄청 났다.

괜히 야릇한 분위기만 더해졌다.

빙글, 그 자리에서 한 바퀴 돌더니 장난꾸러기처럼 미소 지었다.

고혹적인 눈으로 나를 자극하고 있다.

"하루카?"

"왜에?"

약간 어리광 섞인 목소리로 살짝 고개를 갸웃했다.

귀여워…….

"그런 행동은 다른 남자 앞에서는 하지…… 말았으면……."

스르륵 다가와서 나를 올려다 본다.

"그런 행동? 교복 입는 거? 아니면 꼬옥 안아서 키스해줬으면 좋겠다고 눈으로 호소하는 거?"

"둘 다."

"어떻게 할-까나-?"

내게서 등을 돌린 채 살짝 고개를 돌려 이쪽을 본다.

뒤에서 껴안자 히이라기쌤이 머리를 쓰다듬었다.

"자자, 서두르면 안 되지."

그렇게 만든 게 누군데, 요런……!

"나는 의외로 독점욕이 강한 것 같아."

"응, 괜찮아. 나도 그러니까."

히이라기쌤의 뺨에 키스를 하자 이쪽으로 향한 입술이 내 입술을 원했다.

“내 옷 바꿔치기했지? 이 장난꾸러기가.”

“하루카, 너무 예뻐.”

“정말~, ……용서할게♡”

그 후 침대 위에서 쪽쪽, TV를 보면서 쪽쪽.

나와 교복을 입은 히이라기쌤은 시간이 휴식 시간이 다 할 때까지 한껏 즐겼다.

59화 • 비밀 아르바이트

◆ 히이라기 하루카 ◆

세이지가 아르바이트를 시작한 것 같다.

『에엣-? 용돈이 필요해? 월 3만엔 정도라도 괜찮으면 내가…….』

『아니아니아니아니! 받을 수 없어. 그런 게 아니니까. 진심으로 나를 기둥서방으로 만들 생각이구나…….』

세이지는 그렇게 말하며 어이없어했다.

학생일 때 아르바이트를 열심히 해 보는 건 사회공부도 되고 좋다는 건 알지만…….

세이지는 돈이 궁한 걸까? 뭐 사고 싶은 게 있다던가?

"그런 거라면, 나에게 의논해 주면 좋을 텐데……."

"하루짱 무슨 일 있어?"

여름방학에 들어서면서 나츠미가 오는 일이 많아졌다. 오늘도 우리 집에서 둘이 같이 저녁밥을 먹던 참이었다.

"세이지가 아르바이트를 시작했는데……, 갖고 싶은 게 있으면 알려주면 좋을 텐데."

"근로학생 좋네. 게으르게 여름방학을 보내는 것보다는."

"나츠미는 주에 3일은 우리 집에서 보내는 거 같은데, 진로는 어떻게 할 거야?"

"대학교는 추천 입학으로 들어가기로 했으니까, 좀 놀아도 괜찮아."

으음…… 세이지랑은 정반대다.

"괜찮아 하루짱."

"뭐가?"

"빈집털이 군은 생각 없이 구는 애가 아니잖아? 난 뭔가 이유가 있을 거라고 생각하는데."

"으으음……, 그렇다고 해도…… 걱정이야……."

"우와아…… 엄청 과보호."

나츠미가 질색한다.

아르바이트 하는 곳은 음식점으로 아담한 카페인 것 같았다.

"그렇게 걱정되면 가게에 가봐."

"…………."

세이지가 일하는 곳, 가보고 싶어……!

"우와…… 사랑에 빠진 소녀 같은 표정……."

"갈래!"

……이런 이유로 주말에 나츠미와 함께 세이지가 아르바이트하는 카페에 가게 되었다.

우리 학교는 학생이 아르바이트하는 데에 엄하지 않아서 일하기 전에 담임선생님에게 말하고 간단한 서류를 작성하면 그걸로 오케이였다.

이런 수속을 제대로 하는 학생들도 있지만, 하지 않는

학생이 대부분이었다.

차를 타고 번화가로 나가 적당한 주차장에 차를 세우고 역과 가까운 뒷골목으로 들어갔다.

밤에는 이탈리안 식당으로 변하는 카페는 세련된 외관으로 창문을 통해 보이는 가게 안은 여성 손님들로 가득했다.

"빈집털이군 바텐더 같은 제복을 입고 있는 거 아냐?"

"어쩌지, 사진 찍어야 되는데."

"보호자냐, 과보호로 성가시게 구는 보호자냐구!"

가게 안에서 음료나 요리를 나르는 직원들도 여자가 많았다.

알고 있다……, 나는 알고 있어……. 아르바이트에서 만난 동지는 사이가 좋아지기 쉽다……!

다들, 나보다 나이 어린 여대생들 같아……!

어리구나…………!

"하루짱 잠깐 이상한 거 뿜지마, 구체적으로 말하자면 어둠의 기운 같은 새까만 연기가 나오고 있다고. 그리고 갸르르르 하고 으르렁대지 마. 눈 치켜뜨지 마."

나츠미의 말에 나는 한 번 심호흡을 했다.

"주문은 정하셨나요?"

여점원이 메모장을 손에 들고 물었다.

파스타 런치를 2인분 주문하고 요리를 기다렸다.

'아' 하고 나츠미가 소리를 내기에 그쪽을 보니 세이지가 있었다.

"헬로– 빈집털이 군."

"…………."

미묘한 표정으로 세트로 나오는 샐러드를 들고 서 있었다.

커터 셔츠에 검은색 슬랙스를 입고 허리에는 에이프런을 두르고 있다.

"샐러드 세트 나왔습니다…… 뭐 하러 온 거야?"

"세이지는 열심히 일하고 있나–궁금해서."

그리고 직장 견학.

"빈집털이 군은 서빙 하는 사람이구나?"

"아니, 일손이 부족해서 지금 잠깐 도와주는 거야. 보통은 주방 안에서 일하거든. ……나중에 연락할 테니까, 다 먹으면 집에 가."

"네에–."

세이지는 빙글 돌아서 안쪽으로 돌아가 버렸다.

"하루짱 이제 만족했어?"

"만족했는데…… 불안감도 늘었어."

샐러드를 포크로 쑤시고 있으려니 다른 직원이 파스타를 가져 왔다.

으음…… 또 다른 여성 점원(나보다 어리고 귀여운, 아마도 여대생 정도 되는 사람).

맛있는 파스타를 다 먹은 후 이런저런 수다를 떨면서 아이스커피를 마셨다.

조용하고 좋은 가게였다. 가구나 소품도 세련되고 여자들이 아르바이트 해보고 싶어 하는 것도 이해가 갔다.

세이지가 아르바이트를 마치는 시간은 분명 저녁 시간일 것이다.

"끝날 때까지 기다렸다가 집에 데려다줄까……."

"하루짱 진짜 스토커네, 마치는 시간까지 파악하고 있구나."

"스, 스토커 아니거든."

"아무리 여자 친구라도 너무 과하면 미움받는다?"

"세이지는 그 정도로는 미워하지 않을 거야."

어, 어떡하지 진짜로 미움받으면.

같은 시간에 끝나는 아르바이트 동료들과 회식을 가서 『사나다 고등학생이야? 어른스러워서 깜짝 놀랐어-』니 어쩌니 여대생에게 칭찬받으면……, 그러다 왠지 좋은 분위기로 흘러가면 어떻게 하지……, 으그그그그그그.

"잠깐 하루짱, 어둠의 기운이 나와, 나온다고. 좀 참아봐."

"세이지가 다른 여자애들이랑 식사라도 하러 가면 어떻게 해……."

"가면 어때서? 그것도 하루짱에게는 바람피우는 거에 들어가는 거야?"

"그건 아니지만……."

“믿어 줘봐-. 빈집털이 군은 하루짱을 엄청 좋아하거든?”

본인 입에서 그 말을 듣는다면 얼마나 좋을까.

최근에는 너무 수줍어하면서 거의 말해주지 않게 되었고…….

무슨 목적으로 아르바이트를 하는 걸까. 전혀 알려주지 않고 뭔가 숨기는 듯한 느낌이 든다.

세이지의 일이라면 뭐든지 알고 싶다. 그건 혹시 세이지에게 짜증스러운 일일까……?

부정적인 생각을 하는데 나츠미가 소곤소곤 말했다.

“저기 있잖아…… 빈집털이 군이랑, 벌써 잤어……?”

“뭐, 뭐, 뭐, 뭐니, 갑자기.”

“그 반응을 보니 아직이네.”

“……아무려면 어때, 나츠미랑은 상관없잖아. 겨, 결혼하기 전까지는 그런 거 하지 않기로 했으니까…….”

“흐흐-응? 그러면 여기서 문제입니다. 경솔하게 떠들면서 귀엽고 육체관계 OK인 여자아이와 귀엽고 뭐든지 잘하지만 육체관계는 NG인 여자아이…… 남자들은 누구를 더 좋아할까요?”

“전자?”

“그래, 소중히 하면 소중히 할수록 순식간에 방해꾼이 나타나서 채갈지도 몰라.”

“세이지는 괜찮아, 기다리겠다고 했으니까.”

"그러면 다행이고."

으으음, 나츠미는 나를 불안하게 만들면서 즐기고 있는 거야……. 왠지 히죽 히죽거리고.

"괜찮다고 한건 다른 여자를 대용으로 삼아 발산하고 있기 때문에 괜찮다는 거 아닐까?"

"세, 세이지는 그런 비열한 인간이 아니니까!"

"후후후, 응, 그렇겠지. 놀려서 미안."

그, 그렇지만, 아무래도 결혼까지 타협 없음은 너무 심한 것 같기도……?

결국 이날은 세이지를 기다리지 않고 집으로 돌아갔다.

저녁밥을 먹고 좀 지나자 세이지에게 전화가 걸려왔다.

"여보세요, 오늘은 방해해서 미안했어."

『으으응, 괜찮아. 좀 놀랐을 뿐이니까.』

역시 말하자, 걱정되고 불안했던 것들.

『……아아, 그래서 일부러 왔던 거구나? 다들 남친 있는 거 같으니까 걱정할 거 없어."

"아 그렇구나."

내 걱정은 맥없이 기우에 그쳤다.

"그것도 있지만, 제일 궁금한 건 왜 갑자기 아르바이트를 시작했냐는 거야……, 새이지가 아무것도 알려주지 않으니까."

"알려주면 효과가 반감되니까 말하지 않은 것뿐이야."

효과가 반감돼?

이해를 못 한 채로 있었더니 다음날 세이지가 우리 집으로 찾아왔다.

한 아름의 곰돌이 인형을 가지고.

"이, 이게 다 뭐야?"

"오늘이 무슨 날이게?"

"생일은 아니고, 아…… 기념일!"

"응, 그런 거야. 그럼 이건 기념품……이랄까, 선물."

폭신폭신하고 커다란 곰 인형을 받아 안았다.

안는 느낌이 너무 좋아.

"혹시…… 아르바이트한 이유가……."

"전부터 괜찮다고 생각해서 그래서 이번에 무리하게 가불 받아서 샀어."

"저엉마아아알, 세이지이이이이이이이이이."

꼬옥 곰돌이를 안았다. 폭신폭신 기분 좋다.

"나츠미 말대로네."

"어? 나츠미가 뭘?"

"후후훗 비밀♪ 이 아이, 선물해줘서 고마워, 이름은 같이 지을까?"

정말, 깜짝 선물을 하다니…….

곰 인형과 함께 세이지를 껴안았다.

"왓, 잠깐 여기 현관."

그 뒤로 나츠미가 가게에 두 세 번 정도 더 갔는데, 그때에도 척척 일을 잘하는 능력남 같았다고 한다.

응응…… 일하고 있는 세이지는 굉장히 멋있었다.
이번 일을 통해서 세이지에게 다시 한번 반하고 말았다.

60화 • 왕복

꼬물꼬물, 담요 안에서 따뜻한 무언가가 움직였다.

고양이나 그 비슷한 무언가가 들어온 건가 생각했지만 우리 집은 고양이를 키우지 않으니, 다른 생물이다.

얼굴에 매끈매끈하고 부드러운 무언가가 닿았다.

아침부터 뭐지……?

번쩍 눈을 뜨자 가슴이 보였다.

"헛?"

"우응……."

숨소리를 내며 자고 있는 것은 틀림없이 히이라기쌤이다.

뭐지, 뭐가 어떻게 된 거야?

읏, 게다가 나는 다 벗고 있잖아!

"우응…… 아, 세이지 일어났어? 좋은 아침……."

"응, 좋은 아침……."

알몸인 우리.

커튼 사이로 들어오는 아침 해가 눈부시다.

산뜻한 아침.

일리가 없지! 이건 어떻게 된 상태야?

주변을 둘러보니 처음 보는 침실의 약간 큰 침대에서 우리가 자고 있었던 듯하다.

설마…….

역시 있구나, 스마트폰. 날짜를 확인해 보니 10년 후의 7월 하순이었다.

또다시 타임리프가 풀렸다.

그렇다는 말은, 이 상태는………………….

야간 전투를 마친 다음 날 아침이란 말이잖아!

가장 중요한 장면의 기억이 없다아아아아아아아아아아아아아아!

돌아온 나와 현대에 살던 나의 기억이 공유되지 않는 것이 이렇게 억울할 수가!

"그렇게 깜짝 놀란 얼굴을 하고 무슨 일이야?"

스르륵 전라의 히이라기쌤이 나에게 안겨 왔다.

우와아아아아아아아아아아?! 나는 나지만 어제의 나와는 다르니까 제발 옷을 입어 줘어어어어어어어어어어어어어!

이 느낌은 절대로 어젯밤이 처음이 아니었을 거야!

며, 몇 번이나 한 겁니까아아아아아?!

"여기, 누구네 집?"

"누구네 집이라니……후후. 세이지와 나의 집이지? 잠이 덜 깼어?"

우후훗, 히이라기쌤이 정숙한 얼굴로 내 유두를 꾹꾹 눌렀다.

……10년 후에도 여전히 누르는 걸 좋아하는 것 같다.

"어젯밤에는 그렇게 짜릿짜릿했는데 그건 벌써 잊어버렸어?"

"짜, 짜릿, 짜릿……?!"

"우와, 진지한 얼굴."

눈 둘 곳이 없어서 성숙함이 더해진 히이라기쌤에게 티셔츠를 입혔다.

나는 약간 기억 상실인 것 같다는 설정으로 내 상태를 설명했다.

"지금은 둘이서 이 맨션에서 살고 있거든? 기억이 나?"

"그러고 보니 그랬지……."

내심 '진짜냐' 싶으면서도 맞장구를 쳤다.

이전에 타임 슬립이 풀렸을 때는 같이 살지도 않았었는데.

교사가 된 우리 집에 히이라기쌤이 아침을 차려주러 와서…….

그래, 같이 살 수 없었던 이유 중의 하나는 히이라기쌤의 아버님께 내가 인정받지 못해서였다.

"같이 살기로 결정할 때는 역시 큰일이었어?"

"엣- 그것도 잊어버렸어? 하긴 벌써 3년도 더 된 일이니까."

벌써 같이 산 지 3년째, 꽤 오래됐네.

"아버지께 몇 번을 말씀드려도 안 된다고 하셨는데, 나츠미가 아버지 설득을 도와줘서 겨우 허락을 받았었잖아?"

오오……… 나츠미가.

나츠미와 친하게 지내면서 우리 관계를 터놓은 것은 정답이었구나.

다시 타임리프 하게 되면 나츠미에게 뭐라도 선물해야지.

"그럼 지금은 결혼을 전제로 동거?"

"결혼은 또 다른 이야기라고 어머니가 그러셨잖아."

음-, 동거하다 시간이 지나면서 자연스럽게 결혼하게 되는 건 줄 알았는데 다른 건가?

"하지만 저번에 다도실에 갇혔을 때 선생님이 같이 자려면 결혼부터 해야 된다고."

"저번이라니 엄청 옛날이야기잖아. 후후………… 선생님은 그런 이야기 기억이 안 나네요……."

흥 하고 외면당했다.

시치미 뗄 셈이다.

엄청 옛날 일이라고 기억났으면서.

"못 참았구나?"

"그, 그건 마찬가지였잖아. 나만 그런 게 아니니까."

"헤에, 그럼 나는 그렇다치고 하루카도 참을 수 없었다는……."

"정마아아아아아아아아알, 놀리지 말아아아아앙!"

베개로 팡팡 나를 때리는 히이라기쌤.

성숙함이 더해져도 여전히 귀여운 사람이다.

어쨌든 상황을 정리해보면 동거는 허락이 떨어져서 지금 같이 살고 있지만 결혼은 아직 안 된다는 건가.

"결혼 할 수 있을까, 우리."

히이라기쌤이 약간 시무룩해졌다.

"나츠미가 아버지를 설득할 때 우리가 얼마나 서로 사랑하는지 강하게 말했는데…… 그때 언제부터 사귄 건지 물어보셔서 대답하지 않을 수 없었다나봐."

히이라기 집안 내부사정을 띄엄띄엄 듣게 되었다.

아무래도 나츠미의 설득을 보아서 동거까지는 허락했지만 결혼은 다르다. 아마도 히이라기쌤의 어머니는 세상의 평판을 신경 쓰시나 보다.

자기 딸이 고등학생이랑 사귀고 있었다는 게 충격이었나보다.

보통 생각해보면 누구라도 그렇겠지.

내가 지금은 성인이라고 해도 어떻게 해도 그 점만은 그냥 넘어갈 수 없을 것이다.

"동거까지는 허락해주셨으니까, 엄마를 설득하는 것도 시간문제라고 생각해……."

그렇게 말하며 히이라기쌤은 나를 안심시키려고 했지만, 그렇게 말하는 본인이 더 불안해 보였다.

동거하고 있으니 어쩌다 아이가 생길지도 모른다. 그것은 불가항력이다. 하지만 그렇게 억지로 결혼을 하게 되면 히이라기쌤과 가족 사이에 골을 만드는 일이 된다.

아무래도 나는 히이라기쌤을 행복하게 해주고 싶으니까 결혼을 하려면 만장일치로 모두가 적극 밀어주는 결혼을 해야지.

사랑의 도피라는 선택지도 있을지 모르지만, 그건 결국 도망가는 것과 같다.

"……미안해……, 내가 세이지가 대학생이 될 때까지 기다렸다면……."

훌쩍, 히이라기쌤이 눈물을 떨구었다.

'그렇지 않아' 하면서 안아 주었다.

"그 덕분에 나는 지금 굉장히 즐거워. 좋아하는 사람과 고교 생활을 즐길 수 있어서 행복해."

"세이지이이이……."

흐이이이이잉, 변함없이 사랑스러운 모습으로 히이라기쌤이 내 가슴팍에서 울음을 터뜨렸다.

……일순 '내가 고백하지 말걸' 하고 생각했다.

하지만 그랬다간 나는 다시 예전처럼 먼 곳에서 히이라기쌤을 바라보는 나날을 보낼 뿐이다.

졸업식에서 마음을 전하는 것조차 하지 못하는 찌질이가 될지도 모른다.

졸업식 때 고백을 할 수 있었다 해도 상황이 바뀌면 히이라기쌤의 대답도 바뀔 가능성이 높다.

히이라기쌤이 좋아하는 사람이 생기거나 다른 누군가와 사귈 가능성도 있다.

도덕이나 윤리적으로 보면 우리는 잘못된 행동을 한 건지도 모른다.

하지만 서로 거짓말을 한 것도 아니고 진지하고 바르게

연인으로 사귀고 있다.

현대에서는 이런저런 이유로 10년 동안 사귀면서 연인 관계를 지속하고 있다. 헤어지지 않았다.

그 덕에 아직도 이렇게 러브러브.

그래서 내가 고백하고 히이라기쌤이 OK한 그날 잘못한 일은 없다.

——오, 온다. 타임리프할 때의 감각.

번쩍 눈을 뜨니 히이라기쌤의 얼굴이 눈앞에 있었다.

"우와?!"

"와, 깜짝 놀랐어……."

기억에 남아 있는 에어컨이 켜진 히이라기쌤 집이었다.

밖에서 매미가 우는 소리가 작게 들렸다.

좋아, 다시 돌아올 수 있었다.

"뭔가 잠꼬대를 하네, 싶어서 귀를 갖다 댔었어."

"아, 그랬어?"

'제대로 못 들었지만' 하고 웃으면서 내게 무릎베개를 해 주던 히이라기쌤이 머리를 쓰다듬었다.

"무슨 꿈을 꿨어?"

그 감각은 몇 번이고 경험했던 타임리프의 감각이고 꿈이 아니다.

오늘의 10년 후가 그렇다는 뜻이다.

"음– 하루카의 어머님이 결혼 반대 하시는 꿈."
"에–, 그게 뭐야–."
재미없다는 듯 히이라기쌤이 삐죽 입술을 내밀었다.
"좀 진지한 이야기를 할게."
"응."
"나는 선생님에게 고백한 그 날의 행동을 평생 후회하지 않을 거야. 그러니까……."
"응, 나도 OK한 것을 후회하지 않아."
"혹시라도 우리 사이를 반대하는 사람들이 나올지도 모르지만."
"나이 차도 있고 선생님과 학생 관계라는 사실도 이미 바꿀 수 없어. 그러니까 앞으로도 힘내자, 둘이 함께."
"프로포즈 예약 같은 거 해도 돼?"
"그런 건 필요 없어. 달리 할 사람도 없으니까. 그러니까…… 기다릴게. 계속 기다릴게."
부끄러워하면서 미소 짓는 히이라기쌤은 역시 귀엽다.
꼬옥 안아 주자 가녀린 몸이 금세 내 품에 들어왔다.
"하루카 사랑해."
"응, 나도. 사랑해 계속 계속."
현대와 과거를 한 바퀴 돌아 온 것을 계기로 또다시 나와 하루카의 마음이 깊어졌다.

61화 • 가정과 부 활동

"저기 둘이서 어디 가?"

방과 후.

히이라기쌤의 차를 타고 둘이서 부 활동에 필요한 장보기를 하러 가다가 사나와 마주쳤다.

"우웃……조금만 더 가면 됐는데……."

히이라기쌤이 작은 목소리로 투덜거렸다.

"지금 선생님이랑 도구? 재료? 를 사러 가고 있어."

"그럼 사나도 따라갈래."

이렇게 되면 거의 전원. 카나타만 남겨두면 불쌍하니까 카나타도 불러서 넷이서 쇼핑을 나왔다.

"선생님 쇼핑은 뭐 사러 나온 거예요?"

뒷좌석에서 사나가 머리를 내밀었다.

"전에는 요리를 했잖니? 그래서 이번에는 수예!"

"스우예……?"

전혀 모르겠다는 표정으로 사나가 카나타쪽을 돌아보았다.

"수예는 재봉이나 그 비슷한 거."

"아, 그렇구나!"

"처음에는 내가 하나로 정하려고 했는데 다 같이 나가니까 뭘 만들지는 각자 고르는 것으로 하자."

히이라기쌤이 말하자 사나가 귓속말을 했다.

“스우예는 뭘 만드는 거야?”

“그거 말야, 잡화나 걸레, 앞치마 같은 거 만드는 거.”

“어, 어쩌지…… 사나는 걸레조차 만들어 본 적 없는데…….”

여름방학 숙제였던 걸레 한 개 만들어서 제출하기 말이지.

꾀부려서 100엔 샵에서 산 걸로 제출했으니까.

활동 내역만 보면 가정과 부라기보다는 신부수업 부가 되어가고 있다.

“아, 사나 혹시 서투르니?”

“서툴지 않아요, 여유롭죠-, 여유-!”

거짓말하네.

가까운 쇼핑몰에 도착해서 천이나 잡화를 취급하는 수예점으로 갔다.

“부서 예산을 나눠 줄 테니까, 다들 자유롭게 사 오도록 하자. 너무 비싼 건 사기 전에 물어보도록 하고.”

히이라기쌤이 말했다.

나도 일단 부원이니까 뭐라도 만들까.

쭉쭉 카나타가 교복을 잡아당겨서 천을 파는 코너로 끌려갔다.

“왜, 왜 무슨 일 있어?”

“……어떤 게 좋아?”

카나타가 손가락으로 가리킨 것은 색색의 다양한 실이

었다.

"카나타는 뭐 만들지 벌써 정했어?"

"……응."

……근데 왜 나에게 고르게 하는데?

'그럼 이거랑 이거' 하고 내가 적당히 파랑과 하얀 색을 골랐다.

"뭘 만들 건데?"

"……세이지도 만들래? 미산가(misanga)."

"나도 만들 수 있을 것 같네……."

"응, 같이 만들자."

멈칫, 주변에 있던 사나와 히이라기쌤의 움직임이 멈췄다.

"……교환 할래?"

"아, 그거 뭔가 좋네."

"사나도 미산가가 맘에 드네-."

"그럼 선생님도 미산가 만들어 볼까-?"

그럼 다 같이 만들자는 이야기가 되었다. 하지만 그게 목적이 아니었던 것 같은 세 여자들.

"세이지가 만드는 미산가는 하나-!"

"그렇다는 말은, 사나와 오빠가 미산가를 교환하게 되네."

"무슨 말이니, 사나. 사나다는 선생님과 교환 할 건데?"

"……선생님 아니에요. 고르는 건 세이지……."

번뜩, 셋이 동시에 나를 보았다.

"내, 내가 고르는 걸로 됐어?"

""""응!""""

셋이 만든 미산가 중에서 마음에 드는 걸 내가 만든 미산가와 교환하게 되었다.

그냥 각각 마음대로 좋아하는 미산가를 만들면 되지 않나……?

물론 그렇게 제안해 보았지만 셋 다 듣는 척도 하지 않았다.

"다 같이 즐겁게 만들면 그걸로 좋지 않을까……?"

"오빠의 핸드메이드–."

"……세이지의 핸드메이드–."

"세이…… 사나다의 핸드메이드–."

""""원해.""""

이상한데서 합이 딱 맞네.

나와 실을 비교해 보면서 고르는 아가씨들.

나도 만들 거라서 여러 종류의 실을 골라서 샀다.

"사나에게는 남매애라는 최강의 무기가 있으니까."

"……거꾸로 말하면 남매애 밖에 없다고 할 수 있겠지."

카나타는 용서가 없구나.

"선생님에게는 사제애 라고 할까, 사랑 그 자체가 있다고 할까—— 애정이 흘러넘친다고 할까."

어이 히이라기 하루카, 그 이상 말하지 마라.

히이라기쌤이 변함없이 어른스럽지 못하다고 할까, 학

생들 사이의 경쟁에 스스로 머리를 집어넣고 있다.

선생님이라는 입장이 있으니까 이럴 때는 한 발 두 발 세 발쯤 빼고 싶을 법도 한데 오히려 액셀 전개하고 초고속으로 돌진한다.

파직파직 세 사람의 눈이 마주치자 불꽃이 튀었다.

"기일은 3일 후의 목요일. 방과 후 사나다에게 고르게 하죠."

"……이의 없습니다."

"원하는 바다!"

이렇게 3일의 제작 기간이 생겼다.

내가 집에서 컴퓨터로 만드는 법 동영상을 보면서 작업을 하고 있자 부엌에서 큰 소리가 들려왔다.

"엄마아-아?! 이거 어떻게 하는 거야?!"

허세는 잔뜩 부렸지만, 사나는 원래 서투르니까…….

게다가 엄마한테 물어본들 아시겠냐?

"정말 왜 모르는 거야-?! 사나도 할 줄 모르는데!"

빠르게 암초에 걸려 좌초했다.

꼬물꼬물 작업을 계속하고 있는데 시선이 느껴졌다…….

사나가 지그시 문틈으로 이쪽을 보고 있었다.

"우왓?! 깜짝이야……뭐 하냐?"

"자, 잘되나 보지? 사나가 오빠가 잘하고 있나 봐줄게."

예이예이.

내가 잘하고 있는 것 같으니까 어떻게 만드는지 보러 온 거로군.

'가르쳐 줘'라고 솔직하게 말하지 못하는 병에 걸려 있나 보다.

"사나는 이상한 거랑 바꾸기 싫으니까."

"네가 그런 소리를 하냐."

콩. 사나의 머리를 쿡 찔렀다.

"이리 줘봐."

나는 엉망진창이 되어 버린 사나의 실을 건네받았다.

"잘 봐라? 이걸 이렇게 해서, 여기가 이렇게 되면, 이렇게 해서……."

사나가 내 무릎에 손을 두더니 몸을 쑥 내밀고 내 손끝을 자세히 바라보았다.

근데, 얼굴이 너무 가까운데.

이 녀석, 뺨도 하얗고 눈썹도 길구나.

나와 같은 샴푸인데 사나 쪽이 더 좋은 향처럼 느껴지는 건 기분 탓인가?

"머리 땋는 거랑 비슷한 요령인데 여자애들은 다 할 수 있지 않냐?"

"사나 스스로 땋아본 적 없으니까……. 애초에 땋을 일도 거의 없고."

듣고 보니 사나가 땋은 머리를 하고 있는 걸 본 적이 없었다.

대체로 스트레이트로 아래로 늘어뜨리거나 포니테일로 묶는 정도다.

아주 어릴 때는 트윈테일로 묶기도 했지만.

나는 '해봐' 하고 사나에게 실을 건넸다.

꼬물꼬물 손가락을 움직이지만 정말 서툴다. 어지간히 진도가 안 나간다.

"저, 저기…… 오빠는…… 누구 걸 갖고 싶어?"

"……어?"

"아, 아무것도 아냐!"

사나는 당황하면서 내 방에서 나갔다.

순조롭게 만들어지기 시작하니 의외로 미산가 만들기도 재미있다.

그건 그렇고, 어째서 내가 만든 게 갖고 싶은 걸까……?

자기가 만드는 편이 자기 취향의 물건이 만들어질 것 같은데…….

사나는 지는 걸 싫어하는 고집쟁이니까…… 뭐, 분위기를 타고 참전한 거겠지.

사나가 가질 법한 동기 NO.1이다.

"……."

"……."

"…………."

"…………아, 실수했다. 여기 다시 해야지……."

다음날 방과 후, 나는 카나타와 함께 가정과실에서 미산가 만들기에 힘쓰고 있다.

라디오 방송이었으면 방송사고라고 할 정도로 우리 사이에는 대화가 없었다.

가끔 카나타가 슬쩍 내 쪽을 봤다가 다시 자기의 손끝으로 시선을 돌렸다.

카나타는 신경 쓰지 않을지도 모르지만 약간 어색할 때가 있다…….

"카, 카나타는 진로 정했어?"

흔들흔들 작게 고개를 저어 NO를 표현한다.

"그렇구나."

"…………."

"……."

"…………."

부, 분위기가 무겁다…….

사나를 소환하고 싶지만, 그 녀석 곧바로 집에 돌아가 버렸고.

"게임 관련 회사, 같은 데는…… 흥미 없어?"

"게임?"

아, 겨우 반응이 왔다.

"그러니까, 게임을 좋아하다 보면 만들고 싶어지기도 하는 게 아닐까 싶어서."

"……좋아하는 거랑 일은, 달라."

지당한 말씀이 나왔다?!

이분이 장래 사나가 입사하는 게임 회사의 선배가 될 사람입니다만-?

사나는 오늘도 집에서 미산가 만들기를 할 것 같고 히이라기쌤도 일에서 돌아오면 조물조물 만들고 있는 듯하다.

『나, 반드시 이길 테니까!!』

어젯밤에 전화할 때 히이라기쌤은 그렇게 의지를 다졌다.

스물 셋, 고등학생을 상대로 이길 생각이 가득하다.

『승패의 엄격함을 선생님이 확실하게 알려주겠어. 인생 실전이라는 거지!』

어른스러움의 부스러기도 찾아볼 수 없는 히이라기쌤.

"……세이지……팔, 괜찮아?"

"팔?"

카나타가 내 왼팔을 꽉 잡더니 척척 만졌다.

"뭔데, 왜 그래?"

"사이즈. ……사나랑 똑같은 사이즈에 피부색도 희고 ……팔도 가늘어."

운동부 활동은 안하니까.

색이 희다고 할 정도로 하얗진 않은데 기본적으로 밖에 잘 안 나가고, 특별히 하는 운동도 없으니까 일 년 내내 빛을 쪼일 일도 없고 팔도 가느다란 그대로다.

꾹꾹 열심히 내 팔을 눌러보는 카나타.

"아직?"

"……꽉 주먹을 쥐어 봐."

"어? 이렇게?"

주먹을 쥐자 팔에 생긴 근육 라인을 카나타가 덧그렸다.

"……강하지는 않지만 아름답네…… 그럼에도 불구하고 망측해."

"고작 이걸 가지고 무슨 상상을 하는 거야."

내 팔을 망측하게 보는 건 그만뒀으면 좋겠다.

그 뒤로도 몇 번인가 꾸욱꾸욱 내 팔을 누르는 카나타.

"……알았다."

뭘 안 거냐.

변함없이 우등생인 카나타는 미스터리어스한 부분이 많았다.

카나타가 어떤 사람인지 사나에게 물어보면 '카나짱은 평범한 여자애인데?'라며 오히려 그런 질문을 하는 내가 더 이상하다는 식이었다.

나는 나대로 미산가를 만드는데 이틀 정도의 시간을 소비해 겨우 완성했다.

그리고 3일째.

방과 후 가정과실에 모여서 미산가 발표회를 하기로 했다.

"오빠는 누가 뭘 만들었는지 알 수 없도록 저쪽에 가 있어."

"예이예이."

빙글, 나는 히이라기쌤과 사나, 카나타에게서 등을 돌렸다.

뭐, 사나 건 만드는 걸 봤으니까 바로 어느 건지 알 수 있을 거라 생각한다.

카나타도 이하 동문.

이렇게 되면 소거법으로 히이라기쌤 것이 무엇인지도 알게 된단 말이지.

등 돌리는 의미가 있는 건가?

"사나 건 이거! 이미 초 완벽해!"

"사나 열심히 했네."

"헤헤엥, 맞아. 사나 열심히 했다구-가 아니라 선생님 방금 약간 바보 취급했죠?!"

"……바보 취급한 게 아니고 어린애 취급한 거라고 생각해."

"카나짱, 사나에게 날린 디스를 정확히 해설하지마. 라고 할까 그보다도 그러는 선생님 건 어떤데요-?"

"히이라기 선생님 건 이거."

"엣?! 이건 치사해!"

"치사하다니, 듣기 안 좋은 이야기 하지 말아."

치사? 히이라기쌤 뭘 한 거야?

"저기, 이제 괜찮아-?"

'괜찮아' 하고 같이 대답하는 세 명의 목소리를 듣고 나는 모두가 있는 쪽으로 몸을 돌렸다.

왼쪽부터 사나가 만든 빨강, 하양, 파랑색 미산가. 어설픈 솜씨지만 제대로 완성했다.

내가 집어 들자 사나가 조마조마해 하면서 눈을 좌우로 굴리고 있었다. 알기 쉬운 녀석…….

한가운데가 카나타의 미산가. 내가 고른 파랑, 하양, 검정색으로 꼼꼼하게 만들어져 있다.

그리고 마지막이…….

……어떻게 생각해도 히이라기쌤의 것이겠지…….

술렁이면서 나의 기색을 살피는 히이라기쌤.

"술렁술렁, 술렁술렁……."

입으로 소리내 말하고 있어?!

"사나다, 세 사람이 만든 것 중에서 마음에 드는 미산가를 골라, 교환하자."

히이라기쌤이 새침한 얼굴로 말했다.

회심의 히이라기 미산가로 말하자면 하나, 둘, 셋, 전부해서 스무 개가 있었다.

내 미산가를 얼마나 갖고 싶은 거야!

스무 개나 있으면 그중에 하나나 두 개 정도 맘에 드는 게 있긴 하겠지!!

어른스럽지 못해.

압도적인 물량으로 전장을 지배할 생각이다…….

"저 봐, 오빠도 어이없어하잖아. 그렇게 잔뜩 만드는 건 치사해."

"치사하지 않아—. 누구도 하나만 만들어야 한다고 한 적 없었는걸."

어린애냐.

하지만 개수제한에 관해 이야기한 적은 없으니까 일리 있는 말이긴 하다.

히이라기쌤의 얼굴에는 『여자 친구로서의 의지와 프라이드』라고 쓰여 있는 게 보였다.

"……그러니까 제작 기간은 3일……?"

"우후후 눈치챘어? 선생님이 완벽하게 승리하기 위한 작전이었지♪"

"뭔가 이젠, 너무 진심이라서 좀 질리는데……."

"……응, 약간 질린다."

"선생님은 뭔가 하나를 대표로 뽑으세요."

"에에에에에에에에에에에에에에에에에에에에에엣?!"

"아, 그거 좋네."

"……응, 타당해."

히이라기쌤이 마지못해 가장 마음에 드는 하나를 대표로 골랐다.

"오빠 어서 골라. 어느 걸 골라도 불평은……할지도 모르지만 안 하도록 노력할게."

사나가 말하자 히이라기쌤과 카나타가 끄덕였다.

"그럼……."

나는 가볍게 사나의 미산가를 골랐다.

"어, 사, 사나 거? 그걸로 괜찮아?!"

"응 내 거랑 바꾸자."

주머니에 넣어둔 사나용 미산가를 건넸다.

"기, 기뻐……가 아니라 오빠도 제대로 잘 만들었네."

두 손바닥 위에 미산가를 올려놓고 바라보는 사나.

이럴 때에도 독설은 잊지 않는다.

사나의 이미지에 맞는 오렌지색을 중심으로 만들었다.

다음엔 카나타 것을 들었다.

"……? 사나와 교환한 게……?"

"몇 개를 만들던 상관없잖아?"

카나타 용으로 만든 녹색을 중심으로 한 미산가를 꺼냈다.

"……고, 고마워…… 소중히 할게."

"에, 엣? 어떻게 된 거야……?!"

실망하고 있던 히이라기쌤이 눈을 빛냈다.

"선생님 것도 있어요. 여기, 받으세요."

"고마워……, 선생님도 소중하게 간직할게……."

손에 든 미산가를 말끄러미 바라보는 히이라기쌤은 감격한 것 같았다.

"모두가 갖고 싶어하면 3개 만들면 되는 거 아냐? 싫어서……."

근데, 다들 자기 팔에 미산가를 대보거나 곧바로 길이를 조절하는 등 내말은 전혀 듣고 있지 않았다.

하지만 기뻐하는 것 같으니 열심히 만들어온 보람이 있었다.

"오빠 그래서 1등은……?"

"어? 1등? ……열의는 선생님, 노력은 사나, 미산가의 완성도는 카나타라는 것으로…… 드로우!"

"""뭐 됐어……."""

이미 판정 같은 건 아무래도 상관없는 듯 손목의 미산가를 바라보는 세 사람은 만족스러워 보였다.

특별 단편 ① • 어떤 여고생과의 만남 2

나는 여고생 누나와의 만남을 히이라기쌤에게 설명했다.

"흐-응, 흐으응, 그게 세이지의 첫사랑이란 거네-?"

"응. 뭐, 그렇게 되려나."

"흐-응, 흐으으으으으응? 아, 그래. 흐으으으으응?"

관심없다는 듯 히이라기쌤은 F1 스포츠카처럼 으르렁거렸다.

자기가 먼저 물어봐 놓고는.

"이 이야기에는 다음이 있어."

"고양이를 찾아 놓겠다고 하고 헤어진 뒤에, 그러고 나서 어떻게 됐어? 고양이는 찾았어?"

"그 누나는 제대로 약속을 지켜서 공터에 다시 찾아왔어."

"그 누나 이야기는 이제 됐어."

입술을 삐죽 내밀고 히이라기쌤이 진심으로 토라졌다.

하지만 어설프게 중간까지만 이야기하다 끝내기는 찝찝하니까 나는 마지막까지 이야기하기로 했다.

◆

약속을 하고 나서 세이지는 매일 방과 후 공터에서 아기 고양이를 찾았지만 나타나지 않았다.

이미 다른 곳으로 가버렸는지도 모른다.

아기 고양이를 위해 놓아둔 우유도 전혀 줄어들지 않았다.

쓰레기와 모래가 섞인 걸 보고 새 걸로 바꿔놓았다.

"세-군-."

핑크색 자전거를 탄 사나가 공터 밖에서 손을 흔들었다.

"세군이라고 부르지 마, 바보야!"

사실은.

『어이 사나. 아기 고양이 찾아와.』

『아기 고양이? 찾는 거야? 좋아!』

아무래도 도움이 필요해서 사나에게 협력을 부탁했다.

"아기 고양이 없는데-?"

"그러니까 그걸 찾아야지?"

그 누나랑 약속을 했다.

다시 오기 전까지 아기 고양이를 찾아 놓겠다고.

"사나는 저쪽에 가서 보고 올게-."

"알았어-."

잡초를 헤치고 아기고양이 수색을 계속하는 세이지.

이미 여기에 없는 지도 모른다.

그렇게 생각하고 자신도 자전거를 타고 사나처럼 마을 안을 돌아다니며 찾아보았다.

하지만 아기 고양이는 보이지 않았다.

저녁이 지나고 밤이라도 불러도 좋을 시간이 되었다.

"세군– 안 들어가면 엄마가 화낼텐데?"

"별로, 괜찮아. 너 먼저 들어가 있어."

"사나는 모른다–! 엄마가 화내도 모르니까–."

'시끄러워'하고 쏘아붙이고 사나와 반대 방향으로 자전거를 밟았다.

그 아기 고양이를 찾으면 그 누나도 다시 돌아오는 게 아닐까.

아기 고양이가 있으면 그 누나도 슬픈 표정을 짓지 않는 게 아닐까.

왠지 그럴 것 같은 기분이 들었다.

하지만 그렇지 않았다.

옅은 어둠이 내리는 길에서 가로등을 한땀한땀 이어가듯이 나아간다. 다시 공터에 도착했다.

그 입구 옆에서 무릎을 안고 앉아 있는 사람의 모습이 보였다.

키이익, 자전거의 브레이크 소리에 그 사람이 고개를 들었다.

"역시 전에 그 아이구나."

그 누나였다.

무릎을 안고 있어서 이번에도 마찬가지로 팬티가 다 보였다.

그건 말하지 않고 눈을 돌리고 고개를 끄덕였다.

"응, 그런데 아기 고양이를 아직 못 찾아서."

"그렇구나, 이미 엄마 고양이가 있는데로 갔을지도?"

"그럼 다행이지만."

"자전거를 세우고 세이지도 옆에 앉았다.

슬쩍 옆얼굴을 보니 또 그 슬픈 표정을 짓고 있었다.

"슬픈 일이 있었어?"

"어?"

"전에도 그런 표정 하고 있어서."

"아아, 응…… 조금."

긴 한숨을 쉬더니 양 무릎 사이로 얼굴을 묻었다.

"무슨 일 있어?"

"우리 엄마가 되게 무서운 사람이라서, 평소에는 다정한데."

'응' 하고 세이지가 뒷이야기를 재촉했다.

"뭐든지 엄마가 정한 대로 하지 않으면 혼을 내셔."

"나도 혼나."

"그럼 우리는 동료네."

문득 미소를 짓더니 바로 원래 표정으로 돌아갔다.

"난 하고 싶은 일이 있거든, 그런데 엄마가 그걸 크게 반대해서, 엄마가 정한 대로 대학에 가서 우리 회사에 취직하지 않으면 안 된다고 하는 거야."

고2짜리 여학생이 진로에 대한 고민을 초등학생에게 털어놓아도 이해할 수 있는 부분은 한정되어 있다.

넌 잘 모르겠지만, 하고 그녀가 웃었다.

"엄마랑 싸우고 얼굴을 대하는 게 너무 싫어서……그랬더니 집에 돌아가기도 싫어져서…… 어슬렁거리다가 여기서 야옹이를 발견하고…… 몇 번이고 오다 보니 너랑 만났어."

"누나는 불량 학생이야?"

"응, 나쁜 학생이지. 말하는 걸 듣지 않으니까."

입으로는 그렇게 말했지만 사실처럼 보이진 않았다.

"그럼 나쁜 사람이래도 상관없어. 누나는 아마 나쁘지 않을 거야."

그녀에 대해 전혀 알지 못한다.

하지만 그것만은 알 수 있었다.

"그것도 그렇네."

"나쁜 쪽이 강하고 멋있어."

아하하, 옆에서 웃음소리가 터져 나왔다.

"그렇네, 그럼 나 나쁜 아이로 있기로 할게. 강하고 멋지고 나쁜 아이가 될게."

일어서서 스커트에 붙은 흙먼지를 턴다.

"벌써 7시야, 엄마가 걱정하신다? 집에 가야지."

"알았어, 갈게."

그녀가 머리를 쓰다듬어 주자 신기한 기분이 들었다.

"나 선생님이 되고 싶어, 될 수 있을까?"

"모르지."

"솔직하네–, 아하하. 하지만 나쁜 아이인 채로 노력해 볼게."

'응' 하고 끄덕인 세이지는 손을 흔들며 그녀와 헤어졌다.

◆

그 후로 그 누나와는 두 번 다시 만나지 못했다.

"벌써 7년도 더 지났네……."

알맹이인 내 기준으로는 17년 전이 된다.

기억도 정확하지 않고 얼굴도 기억나지 않는다.

……하지만 팬티는 정확히 기억하고 있다.

하얀색이었다.

생각해 보면 그게 여고생 아이스케키의 첫 체험이었다.

그 아이스케키 누나는 뭐하고 있을까?

이야기를 듣던 히이라기쌤이 신기하다는 표정을 지었다.

"그 누나와의 일, 더 기억하는 거 있어?"

"으으응, 그것뿐. 결국, 이름도 알지 못한 채 헤어졌지……, 그런데 그건 좋아했던 거였겠지? 아마도."

"그래. 그렇구나…… 과연."

"뭐가 과연이야?"

"비밀♡"

"엄청 신경쓰여."

괜찮아, 괜찮아, 하면서 히이라기쌤이 얼버무렸다.

이상하게 기분이 좋아 보이는 것이 더욱 신경 쓰인다.

"나 한층 더 세이지가 좋아졌어."

무슨 뜻인지 전혀 모르겠는데.

내가 물음표를 띄우고 있는데 히이라기쌤이 나를 꽉 안았다.

히이라기쌤은 우후후 웃을 뿐이고 뭘 비밀로 하고 있는지 전혀 알려주지 않았다.

특별 단편 ② • 남매의 협력 플레이

"오빠, 여기, 여기 와봐! 빨리!"

"시끄러워, 이쪽도 바쁘다고."

토요일, 나는 사나와 게임을 하고 있었다.

사나가 1P고 내가 2P로 협력 플레이 중. 다가오는 적들을 쳐부수고 있다.

"있잖아, 이거, 혼자서 깰 수 있는 스테이지거든?"

"둘이서 하는 게 더 빠르잖아."

"액션 게임은 엄청 못하는 주제에 왜 이렇게 열심히 하는 거야."

"시끄러워, 앗, 정말, 안 돼! 오빠 여기 와줘!"

"갑자기 일시 정지 누르지 마."

홱, 내 쪽으로 컨트롤러를 던지는 사나.

컨트롤러를 바꿔 잡고 다시 게임 재개.

위기 상황을 따지면 2P 쪽이 위험했지만 사나는 버티지 못하고 죽어버렸다.

엄청 못하네, 여기가 마지막이다.

"어째서어-!"

이쪽이 할 말이다.

"어린애처럼 팔다리 버둥거리지 마. 그러면 팬티가 살짝 살짝 보여."

"으냐아악?!"

날아온 컨트롤러에 딱하고 맞았다.

"아팟?!"

"여동생의 팬티를 보고 뭘 좋아하는 거야!"

샤악– 샤악–, 사나는 고양이처럼 털을 세우고 있었다.

"안 좋아, 오히려 기분이 다운되지."

"그건 그것대로 짜증나!"

"어쩌라는 거냐."

못 해 먹겠네, 하고 나도 컨트롤러를 놓았다.

"애초에 네 팬티는 베란다에 널려 있잖아. 고맙고 자시고도 없다!"

"여동생 팬티를 보고 고마워하지 마, 무슨 생각이야. 변태!"

퍽퍽 발로 차기 시작해서 그 다리를 잡았다.

"꺄악?! 잠깐! 다리 잡지 마!"

"방금 건 말이 이상했어, 미안. 오빠는 네 팬티를 본들 요만큼도 기쁘지 않다. 알겠지?"

히이라기쌤 거는 다르지만.

지금은 숏팬츠 사이로 팬티가 보인다. 히이라기쌤이라면 굉장히 두근거리는데 사나의 경우는 오히려 힘이 빠진다…….

가족인 여성은 여자로는 생각되지 않는단 말이지.

"알긴 뭘 알아! 귀여운 동생의 팬티인데!"

"자기 입으로 말하지 마."

"사, 사나는 이래 봬도 인기 있는 편이라고!"

"헤에, 아, 그래."

휙 사나의 다리를 놓고 방을 나서려는데 사나가 옷을 잡아당겼다.

"잠깐, 아직 클리어 못했단 말야."

"잘 못하는데 무리해서 할 필요 없잖아."

이 소프트는 내가 추천을 받아서 빌려 온 것이다.

"오빠가 재미있다고 하니까…… 사나, 열심히 하는 건데……."

"……알았어, 할 수 없네."

아무래도 클리어 할 때까지 나는 내방으로 돌아가지 못할 것 같다.

하지만 사나가 웃음이 날 정도로 못하는 것도 변함이 없다.

"진짜아아아, 누구야아아아아, 이 게임 만든 사라아아아아아암!"

"네가 못하는 걸 제작자한테 뒤집어씌우지 마. 10년 후에는 네가 그쪽에 있게 되니까"

뾰로통해진 사나를 보고 그렇게까지 진지하게 할 거 없잖아, 하는 생각이 들지만 무슨 일이든 진지하게 하는 것은 내 동생이 가진 장점일지도 모른다.

"다음이야, 다음!"

"예이예이."

나는 이렇게 게임을 못하는 사나와 계속 어울려주었다.

협력 플레이가 되는 액션 게임은 이제 빌려오지 말자고 나는 맹세했다.

후기

네, 안녕하십니까. 버츄얼 유튜버에 빠져있는 켄노지입니다.

그 동영상 사이트 언저리에서 요즘 인기 있는 버츄얼 유튜버를 보면서 유튜브의 가능성은 무한대라는 생각을 했습니다. 근미래 느낌이 장난 아니네요.

뭐, 유튜버라고 해도 콘텐츠는 천차만별이지만 제가 특히 좋아해서 자주 보는 것은 게임 실황 방송입니다. 유명한 분은 게임을 플레이 하는 방송을 올리는 것만으로도 먹고 살 수 있다고 하죠……(그건 그것대로 고생이 많으시겠지만요). 중학생 때에 이미 이렇다 할 꿈도 없고 '게임 하면서 돈 벌 수 있으면 좋겠다-, 아니 그런 직업은 없으니까 만드는 쪽으로 가볼까?' 같은 생각을 하던 켄노지가 보기에 e스포츠나 게임 실황 방송 같은 「게임을 하는 직업」이라는 비즈니스 모델이 있는 현재는, 뭐라고 할까 미래 느낌이 장난 아닙니다.

물론 누구나 그걸로 먹고 살 수 있는 건 아니지만, 만약 제가 지금 시대의 중학생이라면 분명히 장래희망으로 도전해 볼 겁니다. 그리고 '게임 실력이 형편없어서 좌절한다' 까지가 한 세트죠.

이런 즐거운 이야기를, 즐기면서 돈을 버는 일을 하고 싶다고 공언하면 '으와아……' 라는 세간의 차가운 시선을 뒤집어쓸 뿐입니다만, 개인적으로는 좋다고 생각합니다.

딱히 누구에게도 해를 끼치지 않는 무해함의 최대공약수 같은 꿈을 공공연히 말하는 것 정도는 말이죠.

자, 그럼 이야기가 예상치 못한 곳에 착지했으니 감사의 말씀으로 이동하겠습니다.

1권에 이어서 담당을 맡아주고 계신 담당 편집자님. 이야기 속의 다양한 장치를 제안해 주셔서 정말 감사합니다. 이 작품이 좋은 콘텐츠가 될 수 있도록 앞으로도 힘써주시기 바랍니다.

일러스트를 그려주신 야스유키 선생님. 귀여운 히이라기쌤을 그려주셔서 항상 감사합니다.

장면에 따라 어떨 때는 귀엽고, 어떨 때는 맹하고, 어떨 때는 섹시한 일곱 색깔 무지개같이 다채롭게 변신하는 모습 덕에 매번 확인 작업이 기대됩니다.

그밖에도 디자인, 장정 담당, 영업부, 교정을 맡아주시는 분들, 현장의 서점 직원분들, 이 작품의 제작 전반에 도움을 주신 여러분, 감사합니다.

마지막으로 이번 권을 사주신 독자 여러분, 감사합니다.

(서점에 서서 이 후기를 읽고 계신 분이라면 자, 그대로 계산대로!)

계속해서 귀여운 히이라기쌤을 전할 수 있도록 열심히 하겠습니다.

켄노지.

고2로 타임리프한 내가 그때 좋아하던 선생님께 고백한 결과 2

2019년 5월 24일 1판 1쇄 인쇄
2019년 6월 1일 1판 1쇄 발행

저　　자 켄노지
일러스트 야스유키
옮 긴 이 김지연
발 행 인 유재옥
본 부 장 조병권
담당편집자 정영길
편　　집 김다솜 김민지 이성호 정영길 조찬희
미　　술 강혜린 박은정
라이츠담당 박선희 오유진
디 지 털 최민성 박지혜
발 행 처 ㈜소미미디어
제 작 처 코리아피앤피
등　　록 제2015-000008호
주　　소 서울시 마포구 토정로222, 403호(신수동, 한국출판콘텐츠센터)
판　　매 ㈜소미미디어
마 케 팅 한민지 한주원
전　　화 편집부 (070)4164-3962, 3963 기획실 (02)567-3388
판매 및 마케팅 (070)4165-6888, Fax (02)322-7665

ISBN 979-11-6389-542-8 04830
979-11-6389-165-9 (세트)